JN328519

現代女性作家読本 ⑳

林 真理子

MARIKO HAYASHI

現代女性作家読本刊行会 編

鼎書房

はじめに

本現代女性作家読本シリーズは、二〇〇一年に中国で刊行された『中日女作家新作大系』（中国文聯出版）全二〇巻の日本方陣に収められた十人の作家を対象とした第一期全十巻を受けて、小社刊行の『現代女性作家研究事典』に収められた作家を中心に、随時、要望の多い作家を取り上げて、とりあえずは第二期十巻として、刊行していこうとするものです。

しかし、二十一世紀を迎えてから既に十年が経過し、文学の質も文学をめぐる状況も大きく変化しました。それを受けて、第一期とはやや内容を変え、対象を純文学に限ることをなくし、幅広いスタンスで編集していこうと思っております。また、第一期においては、『中日女作家新作大系』日本方陣の日本側編集委員を務められた五人の先生方に編者になっていただき、そこに付された解説を総論として再録するかたちのスタイルをとりましたが、今期からは、ことさら編者を立てることも総論を置くこともせずに、各論を対等に数多く並べることにいたし、また、より若手の研究者にも沢山参加して貰うことで、柔軟な発想で、新しい状況に対応していけたらと考えています。

既刊第一期の十巻同様、多くの読者が得られることで、文学研究、あるいは文学そのものの存続のための一助となれることを祈っております。

現代女性作家読本刊行会

目次

目次

林　真理子

『星に願いを』――〈誰にも、私の心をメチャクチャにする権利なんかないのに〉――

倉田容子

林真理子のデビュー小説『星に願いを』（講談社、84）には、林とフェミニズムの近接性と緊張関係の要点が示されている。この小説は、職にあぶれた新卒者であったキリコがコピーライターとして〈成功〉し、〈権力〉に辿り着くまでの紆余曲折を主なプロットとする。そこには、〈他人が一緒にいる間は、決してなにごとも憶えようとはしなかった〉という依存的な少女が、やがて〈幸せというものに、金の力が大きく介入している〉ことに気付き、ライバルたちを蹴落とす〈強さ〉を備えた自律的主体へと成長していくという新自由主義的な物語が内包されている。同時に、キリコの〈権力〉志向の原点には〈自分の感情が他の人々によって、支配されたり、傷つけられたりするのではないかという不安〉すなわち他者の干渉が生み出す苦痛への恐怖が置かれており、その点において『星に願いを』はたしかにフェミニズムの要素を内包している。

この小説において、〈権力〉の語の意味するところは曖昧だ。全体は一二章から成り、第一章はテレビ局のキャンペーン・ガールとなったキリコが記者会見に際して、自身を〈権力のまっただ中にいる〉〈華やかで恵まれた存在〉と認識する場面から始まる。これを物語の現在時とし、第二章以降では大学卒業からマスコミに参入するまでの経緯が語られる。第二章は、石油ショックの翌年、キリコが〈自分が女としてどのへんのランクにいるかを、はっきり通告された〉という就職活動の奮闘記である。就職活動は〈ダンス・パーティー〉や〈合同コンパ〉と同様、〈男が女を選ぶという事実〉をキリコに突きつけるものであった。どの会社にも〈選〉ばれなかったキリコは、第三章で電話番のアルバイトを始め、複雑な男女関係を目の当たりにし、第四章では〈植毛診療所〉で働き〈幸せ〉に〈金の力〉が介入していることを知る。第五章ではマスコミ専門学校に入りコピーライターとして頭角を現すものの〈女性の求人がぜんぜん無い〉という現実に直面し、第六章では念願叶ってコピーライターとして採用されたプロダクションで先輩に恋をする。彼の同僚であることによって、モデルやスタイリストなど彼に恋焦がれる美しい女たちに優越感を抱くが、第八章では恋とともに仕事を失う。第十章では恋人を得るが、第十一章で再びマスコミ専門学校の門戸を叩き、ディレクターに見初められて〈成功〉への階段を上りはじめ、〈男の愛などで満足できない女になってしまった〉ことを自覚する。このようにキリコの日々は労働とセクシュアリティがつねに相互に干渉し合っており、それに伴って〈権力〉の意味するところもまた、男のまなざし、地位や名声、金銭、マスコミと、公的領域と私的領域をまたぐ複数の要素の間を揺らいでいる。

このような〈権力〉の内実の曖昧さこそが、〈自分の感情が他の人々によって、支配されたり、傷つけられたりするのではないか〉というキリコの被傷性を増幅させている要因でもある。

夜、キリコは初めて、人が劣等感のために眠れないというのはどういうことか知った。胸の奥が本当にキリキリ痛むのである。寝返りをうつと、ますます目が覚めてくる。そしてたくさんの男たちのつぶやく声が聞こえてくるのだ。それはキリコが会ったたくさんの試験官たちの声である。／「チェッ、ブスい女だなぁ」

〈裏通りの小さなPR会社〉の面接に呼ばれたキリコは、〈雲の上の人のように思っていたワセダの女子大生たち〉もまた〈二流の女子大〉の自分と同様、就職活動に苦戦していることを知り、〈「特技・資格」の欄に書くべきものがなにひとつない〉自分の〈思いあがり〉に気づかされたという。ここでは、「特技・資格」がないことと試験官から「ブスい女」と見なされる可能性という、論理的には何ら繋がりのない二つの事項が〈劣等感〉の一語に回収されている。なぜそれらが不可分であるのかを批判的に問うことはしないままに、キリコはジェンダー規範が公私にわたって融通無碍に自らの心身を拘束することの痛みを思い知る。痛みが〈誰にも、私の心をメチャクチャにする権利なんかないはずなのに〉という怒りに転じたとき、キリコは〈権力〉に翻弄される側からそれを行使する側へと成り上がることを夢見るようになる。

　他者の干渉から身を守る術としての〈権力〉というモティーフは、八〇年代の林の小説やエッセイを特徴づけるものである。興味深いのは、干渉から逃れた先に求めるものが〈解放〉でも〈平等〉でもなく、〈自分の感情や言動で、他人を動かせる快感〉（林真理子『夢みるころを過ぎても―愛と誠とルンルンと、それが欲しい』主婦の友社、83）であったということだ。〈リブが資本主義社会の競争原理を否定し、女性全体を視野に入れた社会変革を目指したのに対し、林真理子は自分ひとりの出世を選んだ〉（『文壇アイドル論』岩波書店、02）と斎藤美奈子が指摘したように、資本主義と家父長制が女にもたらす痛みに対して鋭敏な感受性を持ちながらも、他者からの干渉を逃れて今度は自らが他者に干渉する快楽を志向するという点において、林はリブやフェミニズムと袂を分かつ。

　ただし、そうした志向性は必ずしも林が〈大衆の欲望〉を言語化する〈非インテリの女〉（斎藤前掲書）を演じたことの帰結とは言えないだろう。林テクストのもう一つの特徴として、〈平等〉という理念に対する深い懐疑が挙げられる。初めて面接に臨んだ日、キリコは〈でも、でも、顔で就職するわけじゃないんだもん。能力で人は採用されるんだもん〉と呟くが、その呟きは直ちに〈そんなことは嘘っぱちだということをとうに自分は知っていると思う〉と打ち消される。他の小説やエッセイにおいても、林は個人間の〈平等〉なるものが建前に過ぎないことを強調する。たとえば出世作となったエッセイ集『ルンルンを買っておうちに帰ろう』（主婦の友社、82）

には〈あのヒトたちはまだ先生たちに教わった「人間はすべて平等で、等しく幸福になる権利がある」なんて思想を信じているのかしらん。／私は幼い時から賢かったから、十歳ぐらいの時に、その欺瞞をみごと看破してましたぞ〉という端的な表現が見られる。

こうした思考を現状肯定的と批判するのは容易い。だが、その後の女性労働の歴史的展開に鑑みれば、たしかに理念としての〈平等〉の欺瞞性は否定しようのない事実である。鈴木直子「「短大」イメージの形成と一九八〇年代の林真理子」（「青山学院女子短期大学総合文化研究所年報」10・3）が指摘するように、林が時代の寵児となった八〇年代は男女雇用機会均等法が制定され、女たちが〈「男並み」に働くか、さもなくば撤退して専業主婦になるか〉という選択を迫られるようになった時代であった。採用や昇進、福利厚生、定年、解雇等における男女差別の撤廃が明文化され、キリコが直面した〈女性のコピーライターを募集している会社はひとつもない〉といった直接差別は解消された。だがそれは、男女の身体的差異を含む個々人の諸条件の差異を〈自己責任〉に帰し、機会均等（平等）の名のもとに苛烈な競争を強いる、新たな不均衡のはじまりでもあった。

とは言え、林の論理も以下の明白な事実に目を瞑っているという点で欺瞞的だ。第一に、社会が現にいま不平等であるという事実は人間の本来的な〈幸福になる権利〉を否定するものではないということ、第二に、〈権力〉との同一化は必ずしも〈幸福〉の追求と一致しないということである。『星に願いを』の語り手がこれらに自覚的であることは、末尾に置かれた〈自分はこれから一生、手のとどくはずがない星をとろうとあせる人間になるだろう〉という予感と、その直後の〈まぁ、きれいなお星さま。明日も天気になるといいな〉という独語の〈そらぞらしさ〉に示されている。〈権力〉への同一化を〈幸福〉と信じる素朴な感性は林には遠い。女たちに〈物ごとすべてに鈍感になろうと努力〉させる構造にこそ、フェミニズムの今日的課題がある。

（駒澤大学講師）

自意識が目にしみる——『葡萄が目にしみる』を読む——

蕭伊芬

林真理子の作品は時空も仕掛けも多彩ではあるが、常に女性の心情と欲望の揺れ動く様が基調であった。そのような林は、一九八〇年代以降の日本文壇において、「ねたみ・そねみ・しっとを解放」したと斉藤美奈子は評している（『文壇アイドル論』岩波書店、二〇〇二年）。この特徴は、青春小説とも言える『葡萄が目にしみる』（以下『葡萄』）でさらに顕著になるのであった。

林の作品に共通する読みやすさは長く読まれる理由の一つであろうが、『葡萄』がロングセラーであるもう一つの理由は、主人公を少女に設定したことだと考えられる。思春期において、身体の変化は勿論、自我／他我の意識が萎縮もしくは膨張する様子と頻度も、それまでにない程激しくも鮮明なものとなる。愛、憎しみ、喜び、悲しみなどの気持ちは時に光速よりも素早くスライドされていく。人生におけるこの独特な時期に題材を得た作品は、日本流の青春小説からアメリカに流れを汲むYA小説まで、名称と手法を様々と変えてきた。共通しているのは、主人公と同世代の読者には身につまされるような思いで、親しまれてきたことである。また、主人公よりも年齢が上の読者には、できれば振り返りたくない（もしくは現在進行形の）恥ずかしさを味わわせ、直視させる。大人と子どもの境界は明確と引かれたものではないが、越境的な思春期はその最もたる象徴の一つだと言えよう。そのために、このジャンルは文学において一定の位置を確立してきた。そして、ジャンルの自意識との深い係わりは、林が得意とする「ねたみ・そねみ・しっと」とも強く関連していたのである。

「ねたみ・そねみ・しっと」は、いずれも相手に激しい感情を抱いているように見えながら、実は相手という鏡に反射された、理想とは異なる自分の像を強く意識したために生まれた気持ちである。林の作品には多くの人物が登場するが、彼らが織り成す人間関係の構図にはすっきりとした力強さがあった。何故なら、林はよく都会対田舎、華やかな美人対地味なブス、バブル的な金持ち対慎ましい貧乏な者など、地理から容姿、経済力までの各条件において、対比になるような人物の配置をした。バブルが弾けて、林立する大型ショッピングモールや通信手段の進歩によって都会との距離が縮み、均一化が進んだ郊外生活エリアを見ると、これら対比のリアリティに疑問を思う人もいるかも知れない。しかしながら、あくまでも焦点を人物（多くの場合、主人公）の心に生じる緊張感に合わせるのならば、その感情の高ぶる様にはやはりシンプル故の力強さがあった。共感を呼べるかどうかは人それぞれだが、読者を作品の世界に引き込む要因の一つであることに違いはない。

このように、程度の違いはあるにせよ（親の職業と家庭環境から個人の外見まで）、対比となる人物の配置を林はよくする。自分と他者の区別に疑問を抱き、また両者の間にある距離に焦りを感じ始める思春期の心理を描写するのに、これは極めて有効的な方法だと言える。事実、『葡萄』は学校という閉鎖的な環境の中に乃里子という少女を放り込み、対比となる人物たちをその周りに散りばめながら、彼女の人物像を鮮明に作り上げた。しかしながら、この書き方は同時に、作中の世界は乃里子の目線を通して見えたものだと、絶えず読者に気づかせてもいた。同じスクールカーストを背景に置いた近年の作品である『桐島、部活やめるってよ』（朝井リョウ、集英社、二〇〇九年）とは、かなり異なった書き方をしている。『桐島』は主人公かと思わせた桐島の不在から始まり、その周りの、中心なき集団の群像劇を描いた作品である。一見、散乱しているように見える人物の配置だが、これら一つ一つのタイニーストーリーズを追いかけていくと、人物それぞれの思わぬ内面が互いに照らし合わせて、作品の世界に客観性とリアリティをもたらすのである。

一方、『葡萄』にも多くの少年少女が登場するが、主人公は徹底的に乃里子一人であった。実際には、過去を振り返るような言い方で物語を進める語り部（＝地の文）がいるが、多くの時は過去に対して、今だからこそ言えるコメントを入れるよりも、ひたすら乃里子の気持ちに同調する淡々としたものである。物語の一切はあくまでも乃里子に奉仕していた。たとえば、乃里子が決められていた高校の進学先を直前になって変更した理由は、岩永と言う野生的なエネルギーに溢れた少年と出会ったためであった。しかしながら、それはボーイ・ミーツ・ガール式の淡いロマンスではなかった。「岩永という少年をはじめ、そこに行きさえすれば、素晴らしい未知のものにいくらでも出会えるような気がするのだ」岩永の立場がもたらす権力の匂いと、その背後に見える男子の多い進学校という環境の秘める可能性に、乃里子は反応したのである。

念願の高校に入学した乃里子は、それまで羨望と軽蔑の対象であった従妹や中学の同級生たちとは立場が逆転し、初めて「嫉妬される」という経験をした。校内では絶大な権力を誇る生徒会の役員である先輩と友好な関係を築き、よく行動を共にする友達もできた。乃里子の夢見ていた全てが実現したように見えるが、学校の授業には追い付かず、成績は後退する一方。仕切り屋の友達には嫌気を差すようになり、二年間慕い続けてきた先輩にも思わぬ形で幻滅してしまう。しかしながら、乃里子がしたたかさを発揮したのは、むしろここからである。

先輩のイメージの破滅は乃里子に失恋から立ち直るきっかけを与え、注意力を素早く次の対象へと移らせた。また、仕切り屋の友人と距離を置く一方、自分よりは内気だと思う少女へと急接近を図る。乃里子は基本的には受け身の態度を取ることが多いが、自分の理想と現実が違うことを知ると、すぐに何かの理由をつけて次の対象へと切り替える積極さをも持っていた。夢見る少女の乃里子は同時に、理想を実現するためならば、極めて現実的な実行者でもあった。恋慕する相手も親友も、ただ乃里子の気持ちと見方を受け止めるだけの存在としてあり、彼もしくは彼女たちの意思と心情が本当の意味で関心の対象になることはない。そのために、乃里子はいつも密かに激しい恋の炎に身を焼かれては、簡単に相手を忘れ去ってしまう。そして、声なき穴のようだと思っていた友人が実は岩永と長く付き合っていたことを知ると、勝手に裏切られた気分になるのであった。

乃里子に高校生活に対する期待の種を与えた岩永だが、二人が実際に接触する機会はそう多くない。二人が初めてまともに言葉を交わしたシチュエーションから、『赤毛のアン』におけるアンとギルバートのようだと乃里子は酔いしれた。対して、岩永は「バカにすんなよ」と怒り、卒業するまで二度と言葉を交わさなかった。恐らくこれが、作中において乃里子が他者から受けた最も直接なリアクションであり、拒絶でもあった。とは言え、乃里子はそのことを引きずることがなかった。東京の大学に「素晴らしい未知のもの」が詰まっていると、彼女はすぐに再び希望を持つようになる。だからこそ、乃里子が友達と岩永が付き合っていたことを知り、憤怒の気持ちを抑えられないところを見ると、読者は唐突さを感じると同時に、乃里子の相手の現状及び気持ちを無視した、独占欲に近い感情を再確認できる。そして物語はそこで、その少女時代にいきなり幕を降ろしたのである。

次の最終章の頁をめくると、乃里子は既にラジオ局を退局するフリーアナウンサーになっていた。仕事にも外見にもそれなりの自信を培ってきた乃里子は偶然にも岩永と再会するが、別れを告げる際の情景に、過去の記憶が朧げにフラッシュバックする。遠くなる岩永の姿に、乃里子は懐かしさと共に、親しみを持って涙した。似たような情景の中で、声なき怒声を張り上げていた少女は本当に姿を消したのか。雪が降りしきる寒さの中で、乃里子の涙は不思議な眩しさを持って、きらりと光った。

（白百合女子大学研究員）

「最終便に間に合えば」を読む——清水　正

——直木賞受賞に値するエンターテインメント小説——

日藝文芸学科出身の三大女流作家に林真理子、群ようこ、よしもとばなながいる。三人共に、今やそれぞれ日本を代表する作家に育っていて、その影響力も大きい。

林真理子の『ルンルンを買っておうちに帰ろう』がベストセラーになり、「最終便に間に合えば」（1984年7月号「オール讀物」）が直木賞を受賞した頃、文芸学科受験生の大半が面接で「林真理子のような小説家になりたい」と受験志望動機を語っていた。それほど林真理子は一世を風靡した売れっ子だった。

林真理子は大学の四年後輩で気にかかってはいたが、作品を読む機会はなかった。わたしは大学に残ったばかりの頃、学科事務室の奥に衝立をたて、そこに閉じこもってドストエフスキーを読んでいた。そんなわけで学生時代の林真理子と言葉を交わすことはなかった。林真理子と挨拶程度の言葉を初めて交わしたのは、彼女が芸術祭にゲストとして日藝を訪れたときである。三十年も前のことだが、その時の彼女の印象は忘れがたい。売れっ子らしく、若い二人の担当編集者と来ていたが、この二人がまるで生気を失った石像のようであった。当の林真理子もまた異様に静かで、眼が余りにも寂しかった。以来、わたしは林真理子と言えば、その時の寂しい眼がまざまざと浮かんでくる。この寂しい、孤独な眼はいったい何を見ていたのだろうか。

「最終便に間に合えば」というタイトルは曰くありげだ。中身を読まずにタイトルだけを眺めていても、読む者のうちにさまざまな物語が生まれてくる。最終便に間に合えば、どうしたっていうの。最終便に間に合わなければどうなったの。最終便っていったいなんなの。次々に疑問がわいてくるという意味でも、このタイトルは挑発的だ。読者の心を挑発し、興味を抱かせ、購買力をそそらせる。林真理子が小説家になる前にコピー修行していたことも大きく影響していただろう。

このタイトルで読者は予めそれぞれの物語を心の内に作り出す。それは必ずしも明確な像やストーリーを持つ必要はない。自分の人生体験や恋愛体験に重ねながら、小説「最終便に間に合えば」を読み継いでいく。謂わば、この小説は双方向性をしっかりと全面に打ち出している対話的小説と言えるかもしれない。

「最終便に間に合えば」は「オール讀物」に掲載された。日本近現代の小説は批評・研究の対象となりやすい。ましてや評価が定着した小説家の場合は多くの研究者が様々な視点からのアプローチを惜しみなく展開する。〈読物〉となると、一過性の消費物のような印象があり、読む間だけ読者に楽しんでいただければいい、ということになる。エンターティナーとしての読物作家が第一に心がける事が、なるべく多くの読者に楽しんでもらうということであれば、〈読物〉はそもそも時代を越えて読み継がれていく永遠性を求めなくてもいいということになる。発表時にどれだけ多くの読者を獲得できるか、これが至上命令として読物作家（および担当編集者）にのしかかってくることになる。

さて「最終便に間に合えば」はどうか。この作品が発表されたのは１９８４年であるから、すでに30年の齢を重ねたことになる。最後まで一気に読ませる筋展開で、直木賞受賞に値するプロの技を感じた。男と女の別れと再会のドラマを、時間（過去と現在）を巧みに交錯させながら、フィナーレまで持って行く。高みに昇らず、深みに踏み込まない。純文学が目指す垂直的なまなざしは見事に封印され、そんなことを目指すのはまだまだお若いというように題材が処理されている。恋愛物をいかに手際よくおいしく料理し、食してもらうか。そのための常套がある。お互いの心理に深入りしないこと、あいまいなものはあいまいなままに処理して、心理分析官のような心理解剖に手をそめないこと。零（厚みのないゼロ）の表層をスケーティングして物語を構築できれば、それは間違いなく言葉の魔術師・天才であるが、大衆小説とか中間小説の範疇に属する読物においてはほどほどの厚みをもった表層リンクを巧みにすべって見せなければならない。無様に転んでもいけないが、金メダリスト級のスケーティングを披露する必要もない。

美登里も相手役の長原も特別な存在である必要はない。乱暴な言い方を承知で言えば、こういった女や男はどこにでもいる。野心も欲望もあり、プライドも高いが、それでいて男を見る目がない。描かれた限りでの長原は、男気のまったくない、しみったれた男で、何の魅力も感じない。二人の関係を成立させているのは肉と肉の繋がりだけである。男をその姿態や顔つきだけで評価する気ぐらいの高い薄っぺらな女がいる。そういった女が相手に求めるのは肉の悦楽だけで、別に精神的な次元での繋がりを望んだりはしていない。

百枚に満たない中編小説で何もかも描くことはできない。当然、描く場面は限定される。読者は美登里と長原の経歴を知らない。二人がどこで出会い、お互いどう思っていたのか、その内的な関係のほとんどを知らない。話は、七年前に別れた男長原と札幌のレストランで食事している場面から始まる。

「その疑いは、男がサラダに手をつけ始めた時からすでに生じていた。／男が生野菜をあんなふうにゆっくり食べることは、まずありえない。たとえそれがフォアグラ入りの贅沢なものだったとしても。／ねっとりと臙脂色に光る肉片をたったひと切れ残すと、長原はフォークとナイフを十字に組んだ。」

恋愛映画の一シーンのようだ。カメラは美登里の眼に張り付いている。〈その疑い〉の眼によってとらえられた、男が生野菜をゆっくりと口にする場面で、いわゆる神の視点から公平にとらえられた客観的な食事場面ではない。この光景は男の真ん前に座った女の眼差しで捕らえられたもの、謂わば女の主観の色で染められた光景である。ここで長原は、あくまでも美登里の視点から捕らえられおり、長原自身の内的世界にはまったく照明が与えられていない。読者はすでに美登里の視点に合わせて、つまり美登里の側に立ってこの場面を見ている。この読物は形式上は三人称小説の体裁を採っているが、美登里を〈私〉に変えて読むことができる。極端な事を言えば、長原は美登里の眼差しによってモノ化された存在に貶められており、美登里の〈主観〉の檻の中から最後まで解放されていない。長原は、美登里の演出に従順に従うペットのような存在として扱われ、美登里の〈主観〉に決定的な打撃を与える他者として登場していない。謂わば、長原は美登里の〈主観〉が構成した予定調和的な人物としての役割だけを付与された人物であり、その設定自体で長原はすでに充分美登里によって復讐されていたと言えよう。

作者は美登里の〈主観〉に加担して、溜飲を下げていると言ってもいい。作者は、長原を美登里の〈主観〉から解放し、長原自身の存在を浮き彫りにしていく視点を獲得しているとは言えない。その意味で、長原は美登里の〈主観〉で捕らえられた役柄を忠実に果たしているのみで、彼自身は初めから自由な存在であったとも言えよう。美登里の〈主観〉に乗じて、この作品を読み終えた女性読者の大半が、美登里と同様の小気味よい復讐心を満足させたとしても、やはり長原は自由な存在として妻の待つ家へと帰って行ったことも確かなのである。この観点から見れば、長原がゆっくりと味わいながら口にした〈ねっとりと臙脂色に光る肉片〉とは、七年ぶりに会った美登里の〈肉片〉そのものだったとも言えるのである。

（日本大学芸術学部教授）

「愛」という幻想――「身も心も」――

鈴木美穂

「身も心も」（角川書店、一九八六・三）は、直木賞受賞後第一作として書き下ろされた。コピーライターからエッセイスト、さらに小説家、直木賞作家と、林が時代の寵児としての地位を確固たるものとした時期に発表された小説である。のちに『野心のすすめ』（講談社、二〇一三・四）で林自身が〈失われた十年〉と振り返るように、「直木賞作家」というタイトルを得て小説家としても注目が集まる半面、バッシングも強く、苦しい中での挑戦を始めた第一作でもあった。

直前作「最終便に間に合えば」「京都まで」（一九八五・一一）に代表される、初期林文学の真骨頂ともいえる〈現代の女性の本音を正直に描〉きつつも、〈若い女性の内面に寄り添いつつ、語る時に生じがちなナルシズム臭はほとんど感じられない〉（菅聡子「作家ガイド林真理子」『女性作家シリーズ20』一九九七・一一）と評される作風は「身も心も」にも共通している。林文学の特徴として、語り手が常に主人公に対して客観的な「批評性」を有している点があげられるが、のちに確立される、複数の視点によって批評性を保持する手法は、本作においてはとられていない。しかしながら、一人称視点の語りにより主人公菅原千鶴の〈内面に寄り添いつつ〉も、時になされる客観的な「自己分析」の挿入によって、この時代の女性が置かれたダブルバインドが浮き彫りとなる構造がとられている。

菅原千鶴は、「田舎」の高校卒業後、浪人したものの美大再受験に失敗してデザイン学校へ進学、原宿のファッションビルに就職し、「デザイナー」として勤める女性である。二十二歳で大嶋英宗と出会い、処女を捨てる目的を遂げるものの、彼からの「愛」を確信できないことに不安を抱く。当初の情熱が冷めた彼からの呪縛を取り払うべく、新たな恋を求めるが、それも婚約目前で破談し、二十八歳を前に英宗と縒りを戻すと思われるところで物語は閉じられる。

小説内現在を発表時ととらえるならば、千鶴は一九五八年生まれ。七〇年代後半に学生時代を送り、八〇年代前半を二十代の「働く女性」として過ごす設定である。小説発表の一九八六年三月は、男女雇用機会均等法施行を目前に控えた時期、まさに「新しい女の生き方」がクローズアップされた時代を舞台とする。このうち千鶴と英宗の六年間は一九八〇年から八六年となる。

七〇年代から八〇年代は、第二波フェミニズムを後景に、「anan」、「non-no」、「MORE」、「クロワッサン」などの女性誌によって「女の新しい生き方」が「ファッション」として提唱された時代であった。企業が女性を「短期就業者」としかみなさない現状から、八〇年代には「脱ＯＬ」・「キャリアウーマン」が志向される。ＯＬに付与された年齢・学歴・収入・未婚者といった画一的なイメージを離れ、「学校に来た求人票で就職試験を受けて企業に入る」という正規ルート外で「チャンス」を掴む語感をまとう「キャリアウーマン」は、この時代の女性の「夢」となった（斎藤美奈子『モダンガール論』マガジンハウス、二〇〇〇・一二）。女性・家族・市場が変化する中でカタカナ業種に代表されるような専門職に就くことが、自己実現と地位達成への道として憧憬の対象となったのである。千鶴が人生の岐路に立った一九八〇年前後は、こうした新しいライフスタイルを追う「自立」を目指す女性たちが〈女はいつだって「結婚」を離れて一人でも生きられる〉（「クロワッサン」一九七八・八・一〇）を指標とし、〈結婚しない女〉〈女の転機〉といったキーワードにも彩られていた。

千鶴が、当初従事していた「デザイナー」も「キャリアウーマン」の響きを備えた職種といえる。しかし実際は、店内ポスター・POP作成と雑務といった、新たな「自立した女性の働き方」として志向される「主流の仕事」とは距離のあるものであった。そのことに千鶴も失望しつつも、学歴不足が原因と認識し、自らを〈何の取り柄もない〉存在とみなす。「突出した能力」を持たないという自己認識と併せて、千鶴には「自分に見合った男」との結婚願望が見え隠れする。ファッションとしての性的解放に憧れを抱きつつも、処女を捧げた相手の「愛」を確信し、「安定」を得たいという願望。それゆえ、〈強気な〉「自立した女」と当初捉えていた千鶴の「自立しない」実態が明らかになるのと比例するかのように、英宗の情熱は冷めていく。

ただし「女の時代」を生きる千鶴はただじっと待つ女ではなかった。他の男と関係を持ったり、英語学習を始めたりと、男の呪縛から逃れるために奮闘する。その結果英検一級の「能力」を得て、英語力を活かした実質を伴う通訳という専門職を社内で獲得する。この「能力」と「キャリアウーマン」の地位の獲得とともに訪れるのが一流会社に勤める水谷との付き合いであった。しかしその関係は英宗との割り勘に象徴されるような「自立」を前提とする（かに見える）ものではなく、「欲望」や「消費」に対しても「愛情」で答える、「依存」関係であった。千鶴はこの関係が纏う「安らぎ」に酔いしれるが、「結婚」を目前にその意味を知る。水谷の背後に根差す、家制度の精神。女に期待されるのは「能力」よりも学歴や家柄のよさであり、「女子大出」の「働いたことのない」「教養」を身につけた文化資本の伝達者としての役割である。そこでは「専業主婦」が中産階級のステータスを示すシンボルとされる。「愛」と「安らぎ」には、家父長制が前提となっていたことが浮き彫りとなるのである。一浪で専門学校卒、脳性麻痺の妹を持つ千鶴は、家制度の論理によって階層移動を遂げられずに排除される。

将来に明確な目標があるわけでも覚悟があるわけでもない、しかしながら、従来型の「女の生き方」にはもはや満足できない、八〇年代「女の時代」の雰囲気の中で揺れる、等身大の女性の直面するダブルバインドが、千鶴には反映されている。「自立する女」への憧れから「消費」・「我慢しない女」への志向と挫折、その後に待っているのは単なる「自立する女」への志向ではない。「能力」を武器にひとりで生きる覚悟を持つのか、旧来の家制度の枠の中で、「愛」という幻想のもとに生きるのか。この二者択一の先にある「女の生き方」はいずれにせよいばらの道であることに間違いない。

「能力」の上昇による職場での地位向上と「愛」の獲得の不可能という現実。職場における地位の向上は、周囲からは「部長との特別の関係」の恩恵によるものと解釈され正当には評価されない。「愛」の獲得も旧来の家制度の論理の中で破綻を迎える。長らく憧れていた「愛」の正体が、結局、女を男中心の社会に縛り付ける「幻想」に過ぎない、何の意味も持たないものであること、「自立」には男社会と闘う覚悟が必要なことに千鶴は気が付く。

「身も心も」。Jazz のスタンダードな失恋ナンバー Body and soul（30）をモチーフとするタイトルが付されているが、「愛」という幻想に「身も心も」捧げることの不可能性が突きつけられる。しかし、そこに従い続けるのか、あるいはその殻を飛び出し、「愛」に頼らない、真に「自立した女」へと変貌していくのか。結末では千鶴が「愛」の幻想性に気が付き絶望するところで物語が閉じられるものの、絶望の先が敢えて描かれないのは、この後訪れるはずの均等法施行以後の女をめぐる状況の変化にわずかな望みが託されいていたといえるだろう。

（玉川大学助教）

『胡桃の家』――批評性が凶器に転じる――

三浦　卓

『胡桃の家』（86・8）は、いずれも『小説新潮』に掲載された「玉呑み人形」（85・6）、「女ともだち」（86・6）、「シガレット・ライフ」（85・10）、「胡桃の家」（85・3）が、この順に収載された短編集である。このように、この短編集はテクストが発表順に並べられていているわけではなく、表題作「胡桃の家」は末尾に、後で書かれた前日譚「玉呑み人形」が冒頭に置かれ、それらに他二篇が挟まれる形で構成されている。この四篇のテクストとその構成から何らかの統一的なものを見出すことは容易でないが、まさにバブルに至らんとする時期に書かれたこのテクスト群は八〇年代を考えるうえで貴重な資料ではあるだろう。

八〇年代を中心とした時期を〈経済大国―バブル期〉、九五年以後を〈構造改革時代〉と規定し、その間に転換をみる中西新太郎は、前者における消費文化が企業統合と結びついて文化的多数支配の装置として機能していたものと捉え、それが格差・貧困化を〈核心的特徴〉とする新自由主義型社会統合とどのような関係を結ぶのかを焦点とすべき問題としている（中西新太郎『1995年　未了の問題圏』08・9）。近年の林真理子が、例えば『野心のすすめ』（講談社現代新書、13・4）などにおいて、時代が違うことを理解しているように装いながら、時代が違ったはずの自らの体験談をベースとして自己実現に特化した上昇志向を煽る言葉を吐いている――それは結果的に自助努力・自己責任といった新自由主義時代の思考に容易に結びつくだろう――ことを考えたときに、林の八〇年代の小説の観察は、現状において強度を持ってしまっている言説の見直しにもつながるのではないか。

そのような観点から注目すべきなのは、間に挟まれた二篇である。「女ともだち」は、大学時代の〈女ともだち〉同士の勝敗が最終的に子供の進学先のブランドで決着したと見なされる、極めて八〇年代的な情景が描かれた小説といえる。三十歳になった淳子は友人の結婚式に誘われ、そこに大学時代の同級生暁子も出席すると聞いて〈胸が騒ぐ〉が、暁子が仙台に住んでいると聞いて〈胸の奥が涼しく〉感じる。長崎出身の淳子は、サークルで出会った〈東京山の手のインテリ家庭〉出身の暁子にコンプレックスを抱きつつ親しくなったが、旅行中のちょっとした出来事をきっかけに疎遠になっていた。〈ちょっとした成功者〉として雑誌に出ることもある飲食店経営をしている夫と結婚して四年、都心のマンションに住み、高級食を出前するような水準をはるかに超えた生活を手に入れている暁子は、にもかかわらず、例えば保育園の送迎が外国車か国産車かといった些細な差異に肩身の狭い思いをしたりしている。そんな中で久々に再会した暁子が〈本当に羨しいわ〉と東京に住んでいることに関して言うのを聞いて淳子は〈勝利感〉を感じる。しかし、直後に暁子の夫の東京への転勤が決まり、暁子の息子が〈東京でいちばんむずかしい〉小学校に入ると聞いた淳子は、〈女ともだちって……〉とくり返すのだった。このように、このテクストは田舎生まれの女性が都会出身者へのコンプレックスを夫・住居・子供の進学先といったブランドを頼りに克服しようとしてしきれない物語としてある。衣食住とも高水準のくらしを享受しながら、周囲との差異化の要求が消費による上昇として表れてしまうゆえに欲求に際限がない淳子は、まさに消費文化のど真ん中を生きている。現在の私たちの視点から見たとき、あくなき消費の欲求のむなしさを戯画化したものとして批評的に読むこともできるし、当時そのように読まれることもあったかもしれないが、『野心のすすめ』の言説がこの文脈をそのまま内面化していることを考えると、恐らく本気でじたばたしていたのであろう。

「シガレット・ライフ」は、タイトルのとおり煙草が象徴的な道具として扱われている。〈映画ライター〉として生計を立てている三十代半ばの〈私〉は、ホテルで原稿を書きながら〈煙草をやめろよ〉と言う男を待ちつつ煙草にまつわる過去の思い出を回想する。とくに象徴的なのは二七歳の時のエピソードで、当時の男には〈結婚すんだからなあ、煙草、やめろよなあ〉と言われ、男の家に挨拶に行った時も相手の母親に〈この頃のお嬢さんって、煙草をお吸いになるのねえ〉〈赤ちゃんが出来るでしょ。そしたら困るわよ〉などと言われていた。〈嫌煙権は存在していなかった〉時代に〈私〉に投げつけられた言葉は、逆に煙草を吸うという行為にジェンダーの問題を読みとらせることであろう。このテクストにおける煙草は、まだ根強かった結婚→良妻→賢母という女性の生き方への限定化に対する対抗として明確に意識されている。であれば、禁煙をすすめる男の前にもかかわらず〈私は煙草をいま吸っていもいいような気がした〉とこのテクストが結ばれていることからは、女性が自立して生計を立てて生きていく決意が見てとれるし、折しも男女雇用機会均等法が成立した時期であることを考えれば、極めて同時代的な批評性を含んだテクストと言えるであろう。

ここに見られる言説もまた『野心のすすめ』ほかにて現在の林にも引き継がれているが、「自らの力」で「自立」を勝ちとり、「努力」によって階層を飛び越えて上昇するというあり方は、労働環境・経済状況が良好だったからこそ可能だったことであり、同じ言説は今となっては社会構造の不備ゆえに滑り落とされてしまった人々を「努力不足」として切り捨てる論理に転化してしまうだろう。林真理子の「かわらなさ」は、かつて批評性を持ちえた言葉がそのまま弱者への凶器となってしまうというあり方の象徴的な例として観察できそうである。もちろんそれは、ほかの八〇年代文化についても同様の視点による分析がありうるということだろう。

但しこの二編を挟み込む「玉呑み人形」「胡桃の家」はそこまでシンプルではない。これら二編は、共通の主人公槇子の実家の老舗菓子屋三輪田屋をめぐる物語で、「玉呑み人形」は槇子の幼少期に祖母のきぬが三輪田屋を女手一人で切り盛りしていた時期、当時皇太子であった明仁の結婚についてのトピックが語られていることから一九五九年が舞台となっている。一方、「胡桃の家」は〈時代遅れ〉となった三輪田屋の建て替えが中心となる物語で、母のとく子が大正生まれの六二歳ということなので、恐らくほぼ発表当時を舞台としている。「玉呑み人形」でクローズアップされるのはいわゆる「うだつのあがらない」父親の源吉で、きぬらからは三輪田屋の外聞を悪くするものとして煙たがられていた。金銭の問題に関しての〈もうちょっと、うちの人がなんとかしてくれるといいんだけど〉〈源吉は駄目だ〉といったとく子ときぬの会話などからは「外聞」が「稼ぎ」の問題に直結していることは明らかであり、それはいずれ「女ともだち」に見られたようなあり方にまで接続されていくであろう。しかし、槇子の視線は祖母・母たちの世間体などを重んずる価値観を共有しながらも、遊びを考案して子供たちを楽しませ、イベントを企画して地域の人を楽しませようとする、いわば三輪田屋の女たちの価値観にとってノイズである源吉を愛おしむものである。「胡桃の家」では、結婚離婚を経験した槇子が三輪田屋の立て直しに際して荷物整理を手伝いに一時的に実家に戻った時の話で、きぬが毎朝胡桃の油で磨いたという柱の輝きに感じるものがあり、〈家を建てたい〉と心の中で叫び、〈いつか東京のマンションを売ろう〉と思う。この二編で槇子が愛着を感じている父親や旧家の柱（に染みこんだ三輪田屋の歴史）は、いわば「女ともだち」に代表されるような八〇年代の消費文化が切り落としてきたものである。実は触れられなかった部分では随所に他者との差異からくる消費の欲望も語られてはいるが、それでもこれらのテクストが他の二編を挟み込んでいることは、「女ともだち」「シガレット・ライフ」的なあり方を相対化する可能性を含みこんでいる。ならばなおさら今の林真理子は……という考察は、「いま」の問題としてさらに深めるべき課題であろう。

（大妻女子大学ほか非常勤講師）

『ファニーフェイスの死』——中村三春

この小説は一九八七年四月に集英社から刊行された。現在では中公文庫に収められている。当時から十五年ほど前の、昭和四十年代から五十年代の東京風俗をモデル業界を舞台として描いた小説である。その物語を単純に語るのではなく、現在（当時）の時点から振り返って回想する手法として、作中作である回想録を作中人物が読み、それに触発されて往事の出来事を逐次、想起して展開する手法を取っている。高度経済成長期の華やかな東京ということになるが、その華やかさは、発表時点の華やかさ（バブル経済）とも二重写しとなるようでもある。何しろ、恋人に部屋いっぱいのバラの花を贈る、などという場面が幾度か出て来るわけだから。

井田洋嗣の書いた本『花束の日々』に田村恵子は怒りを覚え、洋嗣を詰った。恵子は昔、東京でモデルをしていたが、今は十五年前に結婚した裕樹と地方都市に住んでいる。その出版記念会のため七年ぶりに上京した恵子は、パーティーの席上で昔の仲間と会い、回想に耽る。『花束の日々』は、昭和四十年代から五十年代の回想録で、恵子自身もそこには登場する。だが、恵子の友だちだったゆい子（田屋結子）の書き方に恵子は憤った。しかし、果たして彼女は「友だち」だったのか。このような地方からの上京者が物語の案内役として主軸を担うのは、『三四郎』の昔から日本の近代小説の定番である。三四郎がそうであったように、恵子もそれまで見たこともない東京の新人種に戸惑うことになる。

あの頃、洋裁学校に通っていた恵子は、毎日のように原宿に行っていた。『ティファニー』でゆい子と知り合った恵子は、ゆい子の所属するバレンタイン・ファッションに出入りしているうちにモデルとなった。もともと「のっぽちゃん」と呼ばれるほど背が高かったのである。ゆい子は売れっ子モデルだったが問題児と言われていた。ハーフのモナはモデルとして高く評価されていたが、依存心が強く、睡眠薬の飲み過ぎで仲間たちに救出されるほど生活にだらしがなかった。恵子は、モナを振った貸しビル業者のぼんぼん新田三兄弟の友一郎の「いい人」になった。横浜のホテルで結ばれた翌朝、部屋には十ダースのバラが届けられた。友一郎は油壺にヨットも所有していた。だが、恵子が初めてのファッションショーに出演した時、ウォークの邪魔をした千晴という女と友一郎はくっつき、それを知った恵子はゆい子から「これであなたも一回目の洗礼が終わったのよ」と言われる。

その頃モナはモデルのタカアキとつきあい妊娠していたが、彼はフランスの大御所ラシャリエールの相手を務めさせられ、その仲介をしているのは井田洋嗣だという。ゆい子は井田がオカマバーのさおりと深い関係になっていることをネタに井田に手を回し、モナとタカアキは結婚式を挙げる。モナに赤ん坊が出来、タカアキと新生活を始めた頃、ゆい子は井田と暮らし、一日のうのうと寝るような生活をしていた。恵子は（例によって）「女にかけちゃスゴ腕」という噂のCMディレクター設楽と知り合い、CMオーディションを受けるが、設楽は商品の化粧品に合う「日本の女」を探していると言う。ゆい子には会わせたくないと思った恵子だったが、逆に設楽にゆい子を紹介しようと画策する。人と人を引き合わせるなど「枯れた人間」のすることだ、と渋るゆい子だったが、恵子と赤ん坊を見に訪れたモナのところで、タカアキが連れてきた設楽と鉢合わせをする。

すなわち、友人（親友）である女が、有能だが女にだらしのない（あるいは「女にかけちゃスゴ腕」の）男と結びつき、苦しむありさまを間近で見つめていく形の物語である。この小説以後、たとえば坂東眞砂子『桜雨』（95・10、集英社）から、綿谷りさ「亜美ちゃんは美人」（『かわいそうだね？』11・10、文藝春秋）に至るまで、点々と同様の構造の小説が現れてきた。この小説はいわばその起源となっている。ゆい子を一目見た設楽は彼女を猛烈に口説き始め、いやがるゆい子を羽交い締めにして無理やりポルシェに押し込み、深夜の街を走り去った。ひどく心配する恵子だったが、ゆい子はすっかり設楽のものになってしまい、決闘と称して井田と殴り合った設楽について行ったという。設楽がプロデュースしたゆい子の出演するプランタン化粧品の春のテレビCMは大変な話題になった。「今まで混血や外人ばかりが登場してきた化粧品のCMに、やっと日本人が出た。日本の女性だけが持っている美しさ、やさしを表現したCMがいま巷の人気をさらっている」と雑誌は書き立てた。設楽がゆい子の魅力を引き出したと同時に、設楽もまた公私ともにゆい子にぞっこんの様子である。

恵子は慶応大学四年生の前田裕樹とつきあい始める。裕樹の両親は博多で事業をしていて、車を持ち贅沢な部屋に住んでいる。六本木の夜の女王と言われる女性に紹介されたのだが、彼女は裕樹の最初の女だった。裕樹に求婚された恵子はゆい子に相談したいと思うが、ゆい子に妊娠騒ぎが持ち上がった。設楽はタレントの細川美喜にぞっこんという噂があり、設楽とゆい子の激しい喧嘩のためか、二人は部屋を追い出されてマンションを移った。深夜、設楽から電話があり、設楽がゆい子の腹を強く蹴ったために病院に運ばれたので来て欲しいという。ゆい子は流産し、設楽はCMでなく映画を作りたがって資金を蕩尽し、酒浸りになっていた。ゆい子の病室に酔っぱらった設楽が来て口論となり、ゆい子につかみかかろうとするので恵子が追い帰す。「あんなにひどい男だなんて思わなかった」というゆい子によれば、設楽はクスリ（ＬＳＤ）にも手を出していて、様子がおかしいのはそのためだという。

九州へ裕樹の両親に会いに行き、父親に「おー、じょうもんさん（美人）や」、母親に「本当にこんな田舎に来てくれるとですか」と言われた恵子は、何となくやっていけそうな気がする。東京へ帰るとゆい子は銀座の宝石商袋谷に金を出してもらって高級ホテルに泊まっている。インテリア・デザインの勉強のため、ローマへ行くという。そこへ設楽が十四歳の女の子をホテルに連れ込んだ強制わいせつで捕まったという電話が届く。それは女の子のでっちあげだった。ディスコで出くわした設楽は視線がやさしく穏やかで、裕樹と結納を交わした恵子を祝福してくれる。だが設楽は首を吊って死ぬ。岡山の実家で嫁入りの準備をする恵子のもとへ、東京のモナから、ゆい子がローマへ行く前にレコードを処分していると電話があり、胸騒ぎのする恵子は東京へ駆けつける。ゆい子はマンションの部屋で、古風に純白の着物を身につけ、睡眠薬を飲み手首を切って死んでいた。

恵子は十六年前の回想から気を取り直し、井田に語った。あの時がよかったのは自分たちのいちばんいい時代だったからで、今の子たちは、自分たちのように四十になったら、八十年代が最高にいい時代だったと言うだろう、と。だが井田はこう言う、「やっぱりあの頃はよかったよ。女がとにかく綺麗だった。ファニーフェイスの時代なんていわれたけど、やっぱり綺麗だった」。

映画音楽「男と女」、「黒ネコのタンゴ」、加山雄三、いしだあゆみ、ＶＡＮ、三宅一生、篠山紀信、11ＰＭ、万博……六十年代から七十年代にかけての狂熱の日々。しかし、挙がっている固有名は異なっても、現代の東京風俗は波のように寄せては返すことを繰り返した。その意味では不易の現代文化を描いたことが、本作が発表後三十年を閲してもなお愛読されている大きな理由なのだろう。

（北海道大学大学院教授）

『失恋カレンダー』――青春を謳歌するヒロインたち――佐藤翔哉

一九八〇年代、時代は――七〇年代に台頭した「ウーマンリブ」を源流とする――「女の時代」を謳歌する記号に満ち溢れていた。例えば、誌面には「ＯＬ」「キャリアウーマン」「成功する職業」といった「女の新しい生き方」を提示するキーワードが鏤められ、政策面では一九八五年に制定され、翌八六年に施行された男女雇用機会均等法によって、女性の社会進出が一挙に進められることとなった。近代以降、様々な面で個の解放がなされていったが、江戸の身分制社会からの個の解放から考えてみると、ようやく女性の個の解放が社会的問題として注目されることになったと言える。しかし他方で、八〇年代後半に専業主婦優遇政策が取られ、女性は働くか家庭を持つかの選択を迫られ二極化し、仕事と家庭の両立をするための支援策は与えられなかった。ただ、八四年に、働く既婚女性の数が専業主婦を上回っている。これは、〈日本経済が低成長時代に入り、家計補助の必要性からパート労働に出る主婦が増えたのが主な理由〉（『文壇アイドル論』文春文庫、二〇〇六・一〇）と斎藤美奈子が述べているように正規雇用ではない男女不平等なものだった。強いて女性が家事と仕事を両立しようとするならば、仕事は会社にとって使い勝手の良いパート労働を選ぶしかなかった。

林真理子の『失恋カレンダー』はこの法施行の同年二月から翌八七年一月まで「月刊カドカワ」に連載された小説だ。本作では、一月から一二月まで、バレンタインやクリスマスといった季節のイベントに沿った一二人のヒロインの失恋物語が展開されている。そこに登場するヒロインは短大生であり、二〇代のＯＬたち。つまり結婚をこれから控えている若い女性たちだ。彼女らが生きている世界は本作が執筆された時代と同様に二極化する「女の時代」であるが、彼女らは時代を謳歌しようとしているようにみえる。一方で残存する前近代的な社会に絡め取られようとしているのも事実である。

さて、斎藤美奈子は『文壇アイドル論』で林真理子を次のように論じている。

強烈な上昇志向をもち、成り上がるためならなりふりかまわず邁進する。これは知識人ではなく大衆、高学歴者ではなく低学歴者、シャイな都会人ではなく田舎者、すなわち日本社会の多数派をしめる人々の発想です。それを百も承知で、彼女は「非インテリの女」「田舎もんのねえちゃん」の役割を演じてみせた。彼女自身が「非知識階級＝大衆」だという意味ではなく、めったに公然とは語られない（なんだかんだいってもジャーナリズムは知識階級＝インテリゲンチャの巣窟です）大衆の欲望を言語化したのが、つまり彼女だったのです。

斎藤は林自身のなりふりを評しているわけだが、ここに語られた人物像は『失恋カレンダー』に登場するヒロインの姿とも重なる。例えば、斎藤の言う「大衆」とは田舎から上京してきた短大生やＯＬ（短大卒）という設定のヒロインたちである。「一月　帰省」は、地方出身者同士のカップルが年末年始に帰省している時の話だが、ヒロインである恵子は二五歳を迎えており、既に結婚を意識せざるを得ない年ごろとなっている。「四月　エイプリル・フール」は同窓会の連絡を取り合いながらある女性の噂話が一人歩きしていく話だが、〈やっぱり初めての子は二十五歳までに生まなけりゃいけないんですって。〉という会話がなされているように、二五歳という数字はこの時代の女性にとっては「勝ち組」のボーダーラインとして捉えられている。

このボーダーラインに間に合うためには四大ではなく短大が圧倒的に有利とされる。それは「二月　バレンタイン」に如実に表れている。二六歳の玲子には交際歴四年になる恋人がいる。イギリスに本社を持つ書籍の輸入会社の先輩で三二歳の隆だ。そこに短大卒で入社一年目の淳子が恋のライバルとして登場する。淳子を始めとする短大卒の女子社員は、社内で〈女の子たち〉と呼ばれている。彼女らは、雑用を押しつけられ、玲子のような四大卒で翻訳も出来る〈キャリア〉とは、明確に区別されている。〈女の子たち〉は制服を義務づけられるが、〈キャリア〉は私服で業務を行う。また〈女の子たち〉は、入社するなりこっそり男性社員に鑑別され、その年のベスト1を決められる。そして程よい頃に結婚をして退職していく。玲子は二二歳で入社してすぐに隆と交際を始めているが、元々は飲み仲間だったのが恋人になったのであり、玲子が浴びた男性からの視線は〈女の子たち〉とは明らかに違うものであった。また〈キャリア〉という名の通り会社では働き手として重宝され、そのような中で婚期を逃したのは〈タイミングが悪かったとしか玲子は言いようがない〉という。そして二五歳を過ぎた今となっては〈玲子のプライドが、彼女の口を閉ざしている〉のだ。このように「短大卒業→就職→寿退社」というコースが短大卒の女性には用意され、彼女らもそのコースに従うことに抵抗はしていない。むしろ結婚までのこの限られた時間を楽しもうとしているようでさえある。

「一二月　クリスマス・イブヴ」は、イブを誰か男の人と過ごしたいという欲望を叶えるために必死になる女子大生の由美の話だ。合コンで出会った慶応生の河西とデートを重ねるが、彼女は彼のことを好きなのではなく、クリスマス・イヴという思い出の一ページを空白にしたくないという思いから彼にアプローチをしている。そのエネルギーの源になっているのは、地方出身者の都会に対する憧れである。つまり、ヒロインたちは林が歩んだようなシンデレラストーリーを夢見ているのである。

「六月　常連客」では、短大を卒業したばかりの葉子が、ふとしたことで芸能人御用達の会員制バーに出入りすることになる。バーではOLという物珍しさから葉子は可愛がられるのだが、葉子の都会人への「片思い」は男性陣に性的に利用され、裏で〈サセ子〉という渾名を付けられてしまう。「三月　卒業」では、都会に憧れて大学進学したはずが都心から離れた所にあり、何も娯楽がない。〈夫婦もん〉として大学生で居る間に同棲をするのが恒例となっており、久美も同じ道を辿る。しかし、卒業間近になって、都会人ぶってドライに生きようとしたばかりに、しっぺ返しを食らい大切なものを失ってしまったのだと気づく。林は都会に夢見る者に手厳しい。しかし、夢見て成功する者などほんの一握りであり、実際は林が描き出した登場人物と同じ末路を辿ることが多い。林はリアリティーのある物語を紡ぎ出すことにより読者の共感を得ていたのだろう。

一方で林は、都会人をヒロインとしたものも描いている。「九月　新学期」では、付属の幼稚園から通う短大生佐知がコンパで出会った一流半の大学生浩と交際を続けるが、夏休みになり浩が帰郷することになる。そして浩が地元に恋人を残していることが明らかになる。浩は佐知を都会の汚れとして片づけ、清純な田舎の娘に夢を見て二人は別れることになる。「一一月　ルージュの伝言」は、金持ちが集まる学園で小学校以来の幼なじみ絵美と恭一夫婦の話だ。絵美には大学時代に結婚寸前までいった男が居たが、その男とイタリア料理店に入ると、ひどい席に通され惨めな思いをしたことから別れてしまう。結婚したのも娘時代の延長でしかなく、環境に大きな変化はない。一方の恭一は早くも好きな女性が出来てしまい、それを罪もなく絵美に伝える。地方出身者が〈あの人たち〉と呼ぶ都会人のイメージは、一面煌びやかな世界であるが、都会人には都会人の生々しい日常が描かれている。そしてこの両者の世界は決して交錯することはない。恋や都会への憧れは幻想かもしれない。それはカタストロフを迎えるのかもしれない。それでも幻想の世界をエネルギッシュに生きようとする姿は逞しい。そうした土臭い一面を林は隠すことなく本作で描き出したのだと言える。

（関東国際高等学校非常勤講師）

男に焦土での記憶を求める女――日本のバブルと『戦争特派員』――

宮脇俊文

この小説が出た頃に読んでいればかなり印象は違っていたかもしれない。それは日本がバブル景気に沸いていた時代である。あれから月日は流れ、バブル崩壊後の「空白の二〇年」も経過した現代にこの作品を読むことにはある種の苦痛が伴う。あの時代のことは鮮明に覚えている。二一世紀に入って十数年がたった今とは社会の状況はかなり違っている。というか、むしろあれは別世界であったようにも思える。二度とあの時代には戻りたくないし、この国がふたたびあのような時代を目指しているのであれば、それは国家の終焉を意味するとさえ言いたくなる。そんな醜悪な時代だった。中身は何もなく、ただ表面の華美さだけを追求し、財をなすものだけが評価されるような風潮。そこに真の文化などは存在しなかった。文化さえもが商品として売り買いされていたのだ。そんな時代に若干二〇代後半の奈々子は、ファッション界のエリートとして活躍している。少なくとも当時の女性読者なら、この主人公の生きる世界に何らかのあこがれを抱いたとしても不思議はないだろう。もちろん今でもそういう読者はある程度いるかもしれないが、僕にとってはいやな時代を思い出させる作品と言わざるを得ない。とにかく苦笑の連続である。

それはこの作品を評価しないということではない。読む時期を間違えたというか、タイミングが悪かったというだけのことである。読み進めるうちに頭に浮かんだのが、これは女性版の田中康夫だなということだった。今でも忘れもしない『なんとなくクリスタル』（一九八〇）はとにかく衝撃的だった。こんな小説が存在するのかという思いで一気に読んだことを覚えている。それは長編と言えるような長さのものではなかったこともあるが、その後のバブル景気におけるブランドブームを先取りしていたこの小説は、当時の若者の風俗を見事に捉えており、ぐいぐいとその世界に引き込まれていった。もちろんそれは軽薄な内容ともとれるが、そこにはファッションモデルである女子大生を通して描かれた時代の一面が見て取れたと記憶している。

この『戦争特派員』もその数年後の世界を描いたものであるから、『クリスタル』と相前後して読んでいたら今とはかなり印象は違っていただろうと思う。ただそれにしても少々冗長すぎるという印象を拭えない。あの頃はこうした無駄が歓迎されたのだろうか。そのあたりのことはともかくとして、もう少しすっきりさせた方が、梶原というベトナム帰りの中年男に惹かれていく主人公奈々子の姿がより鮮明に浮かび上がってきたのではないかと思う。それは新聞の連載小説であったことが原因しているのかもしれないが、とにかく長すぎる。

また、この作品には確かに戦争特派員が登場するし、それは最も重要な位置を占める人物であることは間違いないが、そのタイトルには何か違和感を覚えることも事実だ。もう少し柔らかな（この時代を象徴するような）タイトルにしておいて、実は「戦争」が一種のキーワードになっているのだということが徐々に分かるようにしておく方法もあっただろう。それはあまりにも単刀直入で、作品のテーマを読む前から押しつけられているようで、ストーリーの展開とのあいだに違和感を覚えてしまうのが惜しい気がする。

この物語の中枢にあるのは、バブル景気真っ只中の東京青山を中心としたファッション業界に身を置く主人公の何となく感じている空虚さである。自分の仕事に不満があるわけではないが、何かが物足りないのだ。その業界は華やかではあるが、そこには奥行きのようなものが何も存在しないことを奈々子は感じずにはいられない。

そんな時、彼女はかつて新聞社の特派員としてベトナムに派遣されていた梶原と出会う。彼女はこの男の中に自分が身を置いている世界にはない何か特別なものを感じ取る。そこからなんとしてでもこの男を自分のものにしたいと考え始める。それは彼が体現しているものへの執着である。この男は日本が（少なくとも東京が）失ってしまったものをどこかにまだ秘めている。それが奈々子にとってはベトナム戦争という具体的な形となって表面化してくるのだ。彼女は仕事で出かけたパリでこんなことを思う。

パリで見たものや起こったことは、ある扉を開くきっかけのようだと奈々子は思う。それはちょうど梶原と会った時の印象と似ている。

この世の中には、崇高な場所や時間が確かに存在している。それがどんなものかわからないけれど、必ずあるはずなのだ。そして梶原は、そこに奈々子を導いていく役割を持った男のような気がする。

このように梶原という男の中にある種の崇高さを見て取る奈々子は、ますます彼に惹かれ、やがてそれはベトナム戦争と一体化していく。彼女はベトナムの女になりたいとさえ思い始めるが、その心境の背後には何があるのだろうか。それは平和すぎて何の刺激もない東京の街に飽きた現代女性の不謹慎な情熱的恋へのあこがれともとれる。

いけないことだとわかりつつも、奈々子は結局のところ戦争を美化しているにすぎない。その目でほんとうの戦争を見てきた梶原の傷ついた気持ちは何一つわかっていないのだ。梶原の恋人らしき大学助教授は奈々子にこういう――「ただ、彼に近付いていくのなら、好奇心やもの珍しさだけじゃなくて、ちゃんとわかってやって欲しいの。そうでないとお互いがスポイルされてしまうわ」。梶原にとっての「セラピスト」的存在だったという彼女は、知り合った頃の彼がひどく疲れていたことを知っている。しかし奈々子にはそれが見えていないのだ。

日本のバブル期に似た時代に、「ジャズ・エイジ」と呼ばれるアメリカの一九二〇年代がある。この時代の風俗を見事に描いた作家にF・スコット・フィッツジェラルドがいるが、彼は第一次大戦後、空前の好景気を迎えるアメリカの若者の実態を『楽園のこちら側』（一九二〇）という作品に描いた。その結末部分で、主人公が「すべての戦争は戦われてしまった」と嘆く場面があるが、豊かさと裏腹に刺激を欠いた時代に若者が空虚感を抱くという点では、どこか共通しているようにも思える。つまり、心の拠り所をどこに求めればいいのかがわからないのである。「……僕の若い頃っていうのは、もっと時代が激しく動いていたよ。あの六〇年代の熱気に比べれば、今の君たちちっていうのは死んでるみたいなもんだな」と梶原が奈々子に言う場面があるが、まさにそれこそが彼女の世代の抱える最大の問題点なのだ。

また、フィッツジェラルドの別の作品で、フランスを舞台に展開されるジャズ・エイジのアメリカ人の生態を描いた『夜はやさし』（一九三四）の中で、トミー・バーバンという人物が、アメリカ人サークルの中心的人物であるディック・ダイヴァーが作り上げた居心地のよい世界にいると戦争に行きたくなると言う場面があるが、心境としては類似しているのではないだろうか。つまり、平和そのものの社会で何不自由なく生きている現代人が、精神的に空虚さを感じてしまうという贅沢な悩みがそこにある。それを埋めるものの代名詞として戦争があるのだ。

奈々子は心からベトナムの女になりたいと思った。ヘリコプターの音が聞こえる中、梶原と挑むように見つめ合い、そして抱き合う女だ。命とひきかえの恋をする女だ。

戦争は決して味わいたくはないが、戦火を感じるところで生きてみたかった。とにかく、現在の東京でなければ、どこでもいい。この都会の住民だから、自分は梶原に愛してもらえないのだと奈々子は思う。

こうして奈々子にとって、梶原を愛し、自分のものにすることが生きる目標となっていく。彼女が求めているのは、「戦争のようなもの」であって、戦争そのものでは決してないのだ。それは皮相的と言わざるをえない。いかにも繁栄にどっぷりと浸かっている人間のわがままそのものと言われても仕方がない。それでも彼女はそれを追い求めたいのだ。彼女にとっては、それは出口の見つからない深刻な悩みなのである。

自分が梶原に求めていたものが、やっとわかってきた。それは血のにおいだ。硝煙と汗のにおいといってもいい。彼は、奈々子が初めて目にする戦場から帰ってきた男だった。もちろん、まわりの老人たちの中にも、戦争のことを口にする者がいたが、それはもはや何の魅力もない伝説だ。

梶原はまだ十分にしなやかなからだを持ち、たくましい腕を持っていた。それでいて彼には焦土での記憶がある。

これに魅かれない女がいるだろうか。

彼女が求めるものは「焦土での記憶」だという。それは言い換えれば日本が敗戦後、がむしゃらに復興に向かっていた時期の活力ともいえるものであり、日本がそこから抜け出してしまった今、その記憶をベトナムに求めているというわけだ。それは一見何かとても崇高な目的のように聞こえそうだが、それはしょせん自分が刺激を欠いた現状から抜け出すために作り上げた「物語」にすぎないのだ。

自分はふつうの女たちよりも、物語が好きなのだ。東京の昼や夜の中に、奈々子は必至で物語を見つけようとしていた。恋をするたびに、それを得られると信じていた時期もあった。そのどれもが、物語にならず、ショートストーリーで終る頃、彼が現れたのだ。

彼女は最後にそのことに気づく。いや最初からわかっていたのかもしれないが、最後にやっとその物語に自ら結末を与える覚悟をするときがやってくる。「映画の一シーン」のようなことは現実には起こらないのだと自分に言い聞かせ、奈々子は梶原という物語の主人公に別れを告げる決心をする。これを彼女の成長と捉えるべきか、あるいはまた別の物語を見つけにニューヨークに旅立とうとしているかはわからない。最後まで、それは高度資本主義社会真っ只中を生きる日本の若者たちの苦悩であり、虚構と現実の区別がつかなくなっている彼らの悲劇でもある。

（成蹊大学教授）

時代を切り抜く林真理子流〈野心〉

——『茉莉花茶を飲む間に』を読む——

山下聖美

本書が刊行されたのは一九八七年、バブルまっただ中である。今や消え去ってしまったなつかしきもの、瞬間にして過ぎ去っていった若かりし時を、林真理子は彼女なりの輪郭で切り取った。ときにその輪郭は暖かく丸い線を描く。また、ときにそれは登場人物を切り裂く残酷なものにもなる。しかし林真理子は懸命にその時代を切り抜き続けるのである。自らが目指す〈林真理子〉という輪郭の完成形を模索しながら。

この作業こそが、彼女言うところの〈野心〉であろう。今生きている時代を、こうなりたいという自分の輪郭で切り抜き続ける〈野心〉は、林真理子という女性に特別にそなわった希有な能力であると思う。最近の著書『野心のすすめ』（二〇一三年四月）の中で彼女は、彼女言うところの〈野心〉を持ち、実行することを推奨するのだが、要は結局のところ、読者という相手（女性や年下が想定されていると思われる）にアドバイスをするかたちで行われる自己主張の展開、なのである。

本書『茉莉花茶を飲む間に』は、相談をもちかける立場の女性と、耳をかたむけ、アドバイスをする立場の女性の存在により成り立つ。舞台は紅茶専門喫茶店「青（ブルー）」。店主の和子は、年齢不詳、過去不詳の不思議な女性である。薫り高い紅茶を入れながら、落ち着いた雰囲気の小さな店で、常連たちと静かな時を過ごしている。こんな空気に癒しを求め、たまにやってくるのが、現実をばりばりと生き抜く若い女性たちだ。カウンター席に一人座り、彼女たちは和子に人生相談をもちかけ、語りはじめる。そして展開されるのは、相談をもちかける、という形で展開される自己主張だ。ここにはもちろん、双方向性や対話はない。彼女たちはそんなものははじめから求めていない。相談者であるにもかかわらず、彼女たちの中には、当面の答えは存在しているからだ。例えば、「スチュワーデスの奈保」はこんなことを和子宛の手紙に書いている。

帰り道、和子さんがタクシーで言われたことを、今でもはっきりと思い出します。

「どういうわけか、私のところには、たくさんの女の子が悩みを相談しにやってくるわ。みんな可愛らしくて、いい子ばかり。だけど戦うことを嫌うの。最後まではしたくないの。それは醜いと思っているのよね。彼女たちは、いつも自分は可愛らしくしたままで、手を下さない。男の人の気持ちや、運命が好転するのを待っている。私はそれが歯がゆくて見ていられない時があるの」

私もこのあいだまで、そうした女の子のうちの、一人だったに違いありません。今でもそうかもしれない。けれどももう少し見守ってください。きっと自分で何かをつかみ取る人間になります。

一見、和子のアドバイスを受け入れているようにも見えるが、よく読むと、話は聞いときますが私が判断します、とやんわりと自らを主張しているに過ぎない。奈保は、「だけど」や「けれども」を連発しながら、深いところで和子の忠告を拒んでいるように見える。「スチュワーデスの奈保」に限らず、六人の若い女性たちは、和子に相談するふりをしながらも、確固とした自らの答えのもとに、人生を歩んでいる。

例えば「ハウスマヌカンの奈々子」は、憧れていたハウスマヌカンという職業（今で言えばカリスマショップ店員という感じか）に従事し、おしゃれな自社製品に身を包み、それなりの誇りをもって日々を過ごしている。が、なんといってもお給料が低い。そこでいわゆる「素敵なおじさま」が必要になる。歯科医のおじさまはお洒落なレストランでごちそうしてくれるし、海外旅行にも連れていってくれたし、ブランドものも買い与えてくれた。奈々子は言っている。「欲しいものがなんなのか、はっきりわからないって、いちばん悲しいことだと思わない？　今までは、それはお金とか、ロレックスだと思ってたけど、この頃ちょっと違うみたいなんだもの……」歯科医との破局後、デザイナーのおじさまとのつき合いがはじまる。奈々子は言う。「広告関係の人って、知り合って損はしないと思うの。あの人、私にスタイリストの才能があるかもしれないっていうのよ。今度雑誌の人に頼んで、私のこと出してくれるかもしれないの。（略）」奈々子の欲望はこうして、きらびやかな社会へ自ら参加し、活躍したいという方向性をもつようになるのだが、これは、「ナレーターの美樹子」にも見受けられる傾向だ。美樹子は「バージン」を効果的に利用し、仕事へと結びつけようと努力する。彼女は言う。「私さ、今確かに野心を持ってるわけじゃない？　企みを持って男の人に近づいてる。企みよ、和子さん。企みっていうのは、生活の中の犯罪よね。犯罪なら、できるだけ証拠を消したいわ。」ぺらぺらとしゃべる男とは寝たくないし、将来有名になった際に、「吉沢美樹子は昔、出世するために体を投げ出してきた」なんて言われのはイヤだということだ。野望のためには整形もするし、ドラッグにも手を出してしまう。そして、逮捕という結末で物語を終結させる著者・林真理子の筆致のなんと冷酷なことか。

冷酷と言えば、「モデルのみちる」に対しても容赦のない手厳しさが発揮されている。モデルの仕事と大学生活を両立し、家庭でも学校でも、蝶よ花よともてはやされて育ったみちるは、何の苦労も知らないお嬢さんであった。「みんなに可愛がってもらうことしか知らない」のである。二十歳の誕生日には、恋人からはサファイヤの指輪を、父親からはＢＭＷをプレゼントされた。こういう特別な女の子は、きっと一生特別に、ふわふわと生きていくのだろう、と思う間もなく林真理子は彼女に過酷な運命をつきつける。みちるの運転するＢＭＷが人をはね、一気に死亡事故の加害者という立場に引きずり下ろされることとなるのだ。実に残酷ではないか。

こうして林真理子はときに残酷な切り口をみせながら、女性たちの輪郭を切り抜いていく。彼女たちはそれぞれ、時代の花形職業につき、きらびやかな大都会東京において、自らの欲望を堪能していた。おしゃれな外見でいること、高価なレストランで食事をすること、華やかな人たちと交流すること、周囲がうらやむポジションの地位を得ること、ステイタスのあるイケてる男性と特別な関係になること（もちろん、身体も心も満たされて）……。林真理子は、バブルという時代に若い日々を送る女性たちの欲望や野心に耳をすまし、彼女たちの姿を言葉によって切り抜くのである。

それにしても林真理子は、女性たちが抱える野心になんと敏感なことか。おそらく彼女自身がこういった類の、ひりひりするような欲望をつねに持て余してきたからであろう。本当に、嫌になるくらい敏感で、女性たちの渇望をめざとくキャッチしてしまうゆえに、思わず目をふさぎたくなる。こう感じてしまう筆者自身の中にもまた、『茉莉花茶を飲む間に』の登場人物たちのような真理子流〈野心〉がどこかに存在しているのであろう。

最後にまとめれば、現世の欲に徹底的にこだわり続け、うつりゆき、いずれはきれいさっぱりと忘れ去られていく時代というものを、自分なりのかたちに切り抜き続けること、いつの時代にあっても〈林真理子〉の完成形を求め続けること、これぞ真理子流〈野心〉である。ここにあるのは虚栄であることに間違いはない。そして、虚栄の果てには、さらなる大きな野望が見え隠れする。すなわち、〈林真理子〉とは何だったのか、もっと言えば、人間とは何なのか、という問いに立ち向かう巨大な野望、である。現世の欲を満たすだけでは満足することができなくなったとき、林真理子の野望がさらにダイナミックに、そして深く展開していくことを、筆者は楽しみに待っている。

（日本大学芸術学部文芸学科教授）

二人で一人、〈野心のすすめ〉――『満ちたりぬ月』――

髙根沢紀子

林真理子が描いてきたのは、その時代の等身大、いや少し背伸びをしている女性たちだ。彼女たちは、読む女性たちに羨望をもって受け入れられ、同時に軽蔑される存在でもある。

「満ちたりぬ月」は一九八七年四月から翌年八月まで「主婦の友」に連載された。横浜の郊外にある美術系の短大を卒業して十五年が経とうとしている三十四歳、佐々木絵美子は短大卒業後二十三歳で結婚して二人の子持ちの主婦、かたや岡崎圭子（おかざき圭・ペンネーム）は独身でフリーのイラストレーターとして働いている。かつて親友だった二人の住む世界はかけ離れたものであったが、絵美子の離婚をめぐって近づくことになる。

「満ちたりぬ月」連載時、林は「アグネス論争」（子連れ論争）のまっただ中にいた。「アグネス論争」とは、一九八七年、アイドル歌手だったアグネス・チャンが第一子を出産し、仕事場に子連れで来るようになったのをマスコミが報じ、林や中野翠がそれを批判したことに始まっている。論争はエスカレートし、林への批判はアグネスを擁護するマスコミや、国会議員、フェミニズム論者に広がって行った。男女雇用機会均等法の改正（86年）もあり、女性の社会進出が推奨される時代であった。

作品は、恵美子と圭それぞれの視点（立場）から三人称で描かれている。鈴木直子は、二人の視点が示されることで〈両者の徹底した乖離と理解不可能性が見事に浮かび上がる構図になっている〉ことを指摘し、〈その意味で『満ちたりぬ月』はアグネス論争の小説版と言っても過言ではない。〉（「「短大」イメージの形成と一九八〇年代の林真理子」「青山学院女子短期大学総合文化研究年報」２０１０・３）と述べている。再会した二人は、お互いの本心を隠してその場を取り繕い、お互い自分の生きてきた立場・価値を守ろうとする。しかし、短大卒業から家庭と仕事それぞれを大切にしてきた二人が、絵美子は夫への愛の喪失によって、圭は家庭の幸福を得た絵美子の存在によって、考えないようにしてきたその価値観が揺さぶられていく。

その価値は、家庭か仕事かという二者択一の問題のように見えて、実際には、女であることに焦点を置いている。絵美子は、夫から解放されると子どものことは二の次にし、〈自分でも愚かなことだと思いながら、見知らぬ男に声をかけられたことで、あきらかに気分がたかぶ〉り、〈まだまだ女として認められるのだという思い〉を〈ゆきずりの男によって得るからこそ、ますます強く〉し、就職しようと入学した専門学校で出会った、十歳以上年下の学生との恋愛にのめり込んでいく。圭は、かつて不倫によって仕事を取っていると噂されていたが〈「私に実力があって、そして女という部分でたまたま彼は私を愛してくれたのだ」〉と言い聞かせ、いまはバツイチの年下編集者深井章人と結婚は考えない大人のつきあいをしている。カタカナの職業を持ち、都心のマンションに住み、オシャレなバーに通い、性を明け透けに語る。不倫や、友人の恋人を寝取るなんていうのは日常茶飯事だ。まさに「満ちたりぬ月」はトレンディドラマである。女の幸せの多様化をめぐり、女の欲望と悲哀が描かれたのだ。

そもそも「満ちたりぬ月」が連載された「主婦の友」は、その名のとおり主婦を対象とした雑誌である。だから、圭のような女が読むことは想定されていない。絵美子のような女が読む雑誌である。婦人雑誌は女性の第一目標は結婚と家庭の維持として、主婦に役立つ実用的知識を提供してきた。しかし、八〇年代後半「主婦の友」は〈「結婚したら『主婦の友』」という有名なキャッチコピーを手放し〉、〈趣味の延長線上で仕事を持つことを理想像として描いていた。〉（橋本嘉代「女性雑誌にみられる「働くこと」の意味づけの変容」「人間文化創成科学論叢」2010・3）という。記事のタイトルも、「主婦の再就職　成功へのコツ」（「婦人公論」87・10）、「主婦が再就職を決意するとき」（「主婦の友」89・2）など、主婦がもう一度働くことがトレンドとなっていた。

二人はそれぞれを認めながら否定していくことを繰り返す。絵美子は、離婚のために働かなくてはならないのだが、圭の華やかな生活に憧れ現実を見ることができない。絵美子がおかれている状況は、決して主婦の趣味としての職業を得ることではないのだが、短大を卒業したあと結婚しなければという〝もしも〟の人生を圭に見ている。圭をうらやましがりながら、やはり男に愛されることが女性としての勝利という価値観を持ち続けている。そんな絵美子を〈本当にいい気なものだ〉と思っているが、圭もまた絵美子を心底憎みながら、絵美子の魅力を認め、離婚する彼女に自分のところで働くように勧める。自分の生き方は本当に正しかったのか、〈これから先、おそらく子どもを生む機会も意志ももたないであろう自分は、どこかいびつになっていくのだろうか〉という不安を抱えている。

決して本心を明かさなかった二人は、作品の最後圭の恋人章人と絵美子が肉体関係を持ったことを、偶然圭の知るところなり、あっけなく終わりをつげる。〈アグネス論争の小説版〉であるのは、圭が働く女性の立場林真理子に、絵美子が家庭を持つ女性の姿アグネス・チャンと重なるからだろう。だとするなら、読者は圭の立場に立って読むだろう。たとえ読者が主婦であったとしても家庭のために犠牲にしてきた個人には共感しても、学生時代の親友の男と関係し、年下の男との再婚を夢み、子どもは大切だとしながらもどこかほったらかしにし、女であることを選ぶ〈欲張り〉な絵美子の姿には共感しづらいからだ。しかし、そもそもアグネスは絵美子ではない、なんの職業ももたず家庭だけで生きていた主婦とはまるで違う。美貌を持って生まれ、仕事も家庭もすべて手に入れたのがアグネス・チャンである。だからこそ、職場に家庭を持ち込むことに、ある種の羨望を受けるのと同時に軽蔑されることになったのだ。

では作品は、圭（働く女性）の立場に立ち、主婦の甘さ欲張ることの卑しさを主婦に知らせるために描かれたのであろうか、それも違うだろう。圭が林真理子本人である以上に、絵美子もまたもう一人の林真理子であるからだ。圭は〈絵美子が出ていき、ドアが閉まった瞬間、圭は初めて涙が出た。恋人と友人を同時に失って、あとは何が残っているのだろうかと、心の中で数え始めていた。〉と、自分が失ったものに涙しながらも、ニューヨーク行きのチャンスをつかむ。絵美子は、圭に宛てた手紙で仕事をすることを宣言するが、結局新たな男と生活を初め、いつか結婚することを夢見ている。

作品は、〈二人の欲しいものは、あいかわらず手に入らないまま。お互いの領分はさらに発展していくらしい。〉、〈もうじき十五夜だというのに、都会の空は月をどこかへやってしまった。〉と結ばれる。林真理子自身は、この後、圭の幸せも絵美子の幸せも手に入れ、満ちたりた月となる。八〇年代もいまも女性の幸せを何の苦もなく獲得する女性と努力しても手に入れられない女性、そして真理子のように自身の強い《野心》と相当な努力でそれらを手にいれる女性と様々だ。「満ちたりぬ月」は、八十年代の〈野心のすすめ〉だ。三十年近く経った現在、六十歳を過ぎた二人は、どのような人生を送っているのだろうか。〈二十代の頃までは、自分が物語の主人公だったのに、三十すぎた今は、聞き役という役回りを押しつけられている〉という圭の言葉は、二十代の若い主婦をターゲットにした「主婦の友」の読者にはどう聞こえただろうか。めまぐるしく変わる社会と価値に流されないよう、現在《いま》も作品は女性たちに語りかけている。

（立教女学院短期大学准教授）

『幕はおりたのだろうか』——舞台の外の〈生〉——

仁平政人

『幕はおりたのだろうか』は、テレビ界を舞台として、対照的な個性を持つ二人の女性アナウンサーの歩みを描く長編小説である。ヒロインの一人・萩野夏美は、アメリカのテレビで活躍するような〈ニュース・キャスター〉になることを目指し、知性と強い自己主張を押し出す姿勢によって、新しいタイプの女性アナウンサーとして人気と立場を獲得する。だが、不倫のスキャンダルを契機に、急激に立場を失っていく。もう一人のヒロイン・倉田恵子は、保守的な視聴者の心をつかむ〈楚々とした〉容姿・振る舞いで〈マドンナ〉として記録的な人気を博すが、局を移り立場が変わることによって、にわかにバッシングの対象へと転じることとなる……。

本作は、このような彼女達のありようを、夏美と同期入社した仲間である男性ディレクター・杉田哲文の視点で描きだす。テレビに制作サイドで関わり、ヒロイン達と仕事のみならずプライベートでも友人となる（ただし、その関係は決して深いものとなることはない）彼の目を通して、作中には彼女達の姿だけでなく、番組制作のあり方や、週刊誌等のメディアの動き、また視聴者達の反応など、テレビを取り巻く多様な現象が捉えられる。こうしたスタイルによって、本作は女性アナウンサーが特異に脚光を浴び、アイドルやタレントに類するかたちで消費の対象とされはじめる状況、今日の用語で言えば「女子アナ」ブームの始まりにあたる、70年代末～80年代中盤までのテレビ界のありようを多面的に描き出しているのである。

ところで、菅聡子氏は林の文学に関する解説で、『幕はおりたのだろうか』を恰好の例として取り上げている（「【作家ガイド】林真理子」、『女性作家シリーズ』20、角川書店、97）。菅氏は、この小説が一見〈トレンディドラマ〉的でありながらも、哲文に視点をおくことでヒロイン達に〈寄り添うことを回避し〉、また、結末で夏美が〈真っ向から彼に視線を返す〉ことで、哲文のまなざしをも相対化するという機構を持つことを指摘する。そしてそれをもとに、林の小説が、〈語り手がつねに主人公に対して客観的な「批評性」を失うことがない〉という特性を持つと論じる。この見解は、林の小説全般を捉える上で、有効な視点となるものだろう。ただし、本作の特性は、以上のような分析に収まらない部分にこそ見出されるように思われる。第一に、哲文の視点は、夏美と恵子を「客観的」に捉える機能を持つというには、あまりに彼女達から距離があるのではないだろうか。実際、哲文は、彼女達に関する情報の多くを、週刊誌・新聞の記事や周囲の噂、あるいはブラウン管越しに知ることになるのだ。こうした語りの迂遠さは、例えば本作同様にテレビの女性アナウンサーを描く『断崖、その冬の』や『私のこと、好きだった?』でヒロイン達が直接焦点化されていることと、顕著に対照的と言えるだろう。

また、本作がテレビドラマ的と評しうるような強い物語性を有しているかも、留保が必要である。本作は全十二章からなり、第一章「はじめての春」から第十二章「八年目の春」まで、夏美・哲文のテレビ局入社から七年後までを、数ヶ月〜一年以上という不規則な間隔を置いて断続的に描いていく。すなわち本作は、物語の進行のなかで出来事が生じるというより、主にヒロイン達に大きな動きがある時期にスポットを合わせ、その前後は大胆に省略するという形式を取っているのだ。〈女性の欲望と本音を描く〉と概括されがちな林の小説にあって、本作が例外的に〈あっさりしている〉と評されやすいのは、以上の二つの特性と関わると考えられよう。

これらの点は、私見では次に挙げる本作の特性と密接に結びつくものだ。本作は、実在の有名な女性アナウンサーを明らかに参照した、一種のモデル小説なのである――すなわち、夏美は女性キャスターのさきがけと言われる田丸美寿々氏を、また恵子は女子アナの先駆とも呼ばれる頼近美津子氏を。実際、作中の夏美と恵子とは、人生の歩みや容姿のみならず、出演した番組や言動、さらには人気の推移や、週刊誌での取り上げられ方に至るまで、多くの点で現実の田丸氏・頼近氏とそのまま重なっているのである（もちろん、固有名や一部の事実関係には変更が施されている）。この対応関係は、多少なりともテレビに関心のある同時代の読者なら、容易に気付くことであっただろう。言い替えれば、本作は有名な女性アナンサーをめぐって流通した情報を多く取り入れ、再構成することで成り立っているのだ。

本作の、距離をもった視点からヒロイン達を捉えていく語りは、こうした事情にも対応する。そしてこの点からは、哲文の目を通して描かれる彼女達の素顔――夏美は権威主義的な上昇志向と異性関係の未熟さを、恵子はセクシュアルな誘惑性を示す――は、女性アナウンサーに向けられるゴシップ的な忖度と重なり合うようにも見られよう。そしてここに、時に指摘される林のミソジニー（女性嫌悪）的な視線を見ることも不可能ではない。

だが、以上のことは、本作の半面に過ぎないと言うべきだろう。角度を変えて言えば、本作は、ヒロイン達の姿に直接迫ることよりも、むしろ彼女達を〈コマ〉のように扱う制作側、一方的に彼女達を持ち上げては引きずり下ろす週刊誌、また〈有名人〉に無遠慮な好奇の目を向ける視聴者……など、女性アナウンサーを取り巻く多様な欲望・まなざしのありようを描き出すことに重点を置いていると見られるのである。

哲文に焦点化した語りの性格は、ここから捉え直される必要があるだろう。哲文は、周囲のディレクター達のあり方に違和を覚え、また週刊誌のゴシップや視聴者の反応にもしばしば批判的な目を向ける。だが、作中で示されるのは、彼もまたテレビ界の論理から決して距離をとることができず、典型的とも言える視線を無自覚にヒロイン達に向けているということだ。そして本作は、そうした哲文のまなざしが、彼女達によってしばしば裏切られ、時に深く動揺させられていくさまを描き出しているのである。

紙幅の関係で、ここでは結末部にのみ目を向けよう。最終章で、渡米して大学院で学ぶ夏美のもとを哲文は訪れる。ちょうどその折、恵子の夫が急死したという知らせが届く。その偶然に〈畏れにも近い感慨〉を抱いた哲文は、次のようなことを口にする――夏美と恵子の人生は〈芝居のヒロインみたい〉に〈劇的〉で、〈神に選ばれた女〉のように〈女の見本を演じるために生きてきた〉ように見える。そして、彼女達の人生が男達に理不尽に左右されてきたことを見ても、自分が婚約者の人生に大きな影響を及ぼしてしまうことを怖れているのだ、と。これは、作中で〈フェミニスト〉とも評される哲文の態度が、実のところ「男が女の人生を支配できる」という〈傲慢〉な発想の裏返しに過ぎないことを示唆してもいる。が、より重要なのは、夏美と恵子を〈芝居のヒロイン〉〈女の見本〉と見なす彼の言葉が、彼女達を過剰に特別視し、ジェンダー的なステレオタイプに即して両者を対置し〈劇的〉に扱ってきたテレビや週刊誌の振る舞いを、無自覚になぞってしまっているということだろう。

この哲文の言葉を、夏美はきっぱり否定した上で、次のように言う――〈私たちの人生が終ったような言い方をしないでちょうだい。まだ私は生きているの。恵子さんだってそう。あなただって生きてる。〉

自分達が〈生きている〉と強調する夏美の言葉は、彼女達の「舞台」の幕がおりていないと主張するものであるというより、むしろ、彼女達の生を〈芝居〉あるいは物語のごとく見るまなざしに、抗うものだと考えられよう。それは哲文だけに留まらず、本作中に張りめぐらされたマスメディア的な視線――作中の彼女達にゴシップ的な関心を寄せる読者も、そこから自由ではない――を、〈真っ向から見返す〉ものだと言っていい。本作の〈批評性〉のありかは、何よりもここに位置づけられるのである。

（弘前大学教育学部専任講師）

知られざる傑作——『本を読む女』——吉目木晴彦

林真理子の実像の話から始めよう。

広く読まれる『ルンルンを買っておうちに帰ろう』『夜更けのなわとび』、あるいはテレビ番組や雑誌のエッセイ、対談記事などを通じて伝わる林真理子の印象は、茫洋とした風貌ながら一言多い女性、というものではないだろうか。

が、私の知る林真理子は第一に「律義な人」である。彼女は多くの連載を抱える多忙な作家であると同時に、長く日本文藝家協会の理事をつとめている。かつて私も評議員や理事をしていたが、定期的に開かれる理事会で林真理子が欠席したという記憶がない。協会の入会委員会の役職も担い、他の理事より早く来て入会審査を誠実に行っていた。日本文藝家協会の理事は無給で、彼女のような売れっ子作家にとって、毎回時間を割くのは相当な負担になっているはずだった。それを嫌な顔ひとつせずにこなしている姿には、感心させられたものである。

協会のイベントにも協力的で、今も記憶に残っているのは、一九九八年一月に行われた「漢字を救え！　文字コード問題を考えるシンポジウム」でパネラーとして出演したことである。

将来の電子図書館や電子書籍を見据えて、通信処理できる漢字を整備しようと作家・批評家たちが呼びかけたシンポジウムだった。当時としては最先端の課題だったが、華のある林真理子に協力を求めたところ、事前に研究して、的確な問題提起を行った。

ものごとに対し好い加減に済ますことをしない、律義で誠実な人なのである。

それ以前にも歌手のアグネス・チャンと、女性の仕事への取組について論争を行い、人気歌手と花形作家の衝突として週刊誌やテレビで面白おかしく報道されたことがあったが、今、当時の論争を読み返してみれば、林真理子の社会参加への姿勢が見て取れる。

この林真理子の特質がよく表れた作品のひとつに、読売新聞に連載され、新潮社から出版された『本を読む女』がある。

本稿を起こすにあたって仰天したのは、『本を読む女』が現在は電子版のみになっていることだった。『本を読む女』は文学史に残るに違いない傑作である。

明治の女を描いた名作に円地文子『女坂』があるが、昭和の女を描いた『本を読む女』は、『女坂』に匹敵する出来栄えの小説と言って良い。

この作品には、文学者林真理子の底力と才能、文学的教養が溢れるように示されている。

冒頭の「赤い鳥」の章から引くと、「銅壺を置いた長火鉢」「経木箱」「尾頭つきの箱膳」「お天神講」「路地廊下」などの言葉が次々に出て来る。そこで、次の文章を読んで欲しい。

私もこのたび再読して、感嘆これ久しうし、ひよつとするとこの作品は、志賀直哉の「暗夜行路」に匹敵する古典として残るのではないかと思つた。（中略）この作品は、明治といふ一時代の風俗と人情を読者の目にありありと現前せしめ、周到な細部によつて、われわれは作中人物と共に一時代の心理を完全に生きる。

その風俗描写、服装描写の一つ一つにも、作者の用意は万全であって、開巻たちまち「浅草花川戸」「鉄仙の蔓花」「連子窓」「花畳紙」「ボンボン」「継羅宇」「銀杏返し」「絎台」「針坊主」「浜縮緬」などの伝統的な語彙によって、われわれは一つの世界へ引入れられる。

これは三島由紀夫が円地文子の『女坂』を論じた評言である。

同業者としての直感だが、林真理子の頭の片隅に『女坂』の表現方法があり、これを意識していたのではないかと思われる。ただ円地文子のように時代を背負った語彙を集中的に配列するのではなく、ここというポイントに示すことで、読者の脳裏に戦前の山梨の生活空間を描き出す。

語彙だけではなく、「陽のぬくもりまで溜めているように、倉の中はあたたかい」「窓からの陽ざしが、少し斜めがかった白い四角形をつくる。そこに入り込むととても気持ちがいい。だが四角形はよくかたちを変えるので、万亀はしょっちゅう動かなければならなかった」などの描写表現も見事で、作品全体が緻密に組み立てられている。

林真理子自身が文学論を開陳するような人物ではないので、彼女の作品が「文学作品として論じられる」機会は比較的少ないが、作品の外的構成（プロット）、内的発展（ストーリー）の相互関係も深く練られており、大戦末期の甲府の空襲で逃げ惑う登場人物たちも簡潔に描くことで高いリアリティを実現している。

万亀が幼い息子を膿胸で失う場面、兄の子供を背負ってリヤカーで山へ避難する場面、玉音放送への人々の反応、それらもあれこれといじり回すことなく、短く描写することで、あの時代を生きた人々の姿が読者の胸に刻み込まれて行く。取材も相当に行ったことがうかがえる一方、得た材料の取捨選択も見事で、結婚した万亀が中国大陸へ渡る段では、渡航のための予防注射のことなど、一言出て来るだけだが逃さずに文章に挟み込み、また

「あのね、奥さん、こっちの人間を、人間だと思っちゃいけないわよ」張家口での日本人女性の発言なども、現在の価値観の投影ではなく、その時代の人間の意識を再現するものを選択し、島崎藤村の「夜明け前」などとは比較できないほど作品のレベルを上げている。（藤村はこの点で、三田村鳶魚などから痛烈に批判された）

取材して意外な材料を手に入れればつい作品に出したくなるものだし、些細なことであれば取りこぼしてしまいがちになるものだが、小説の質を上げる、という基準のもとに精確な選択が行われている。

物語は山梨の商家に生まれた万亀が、教師によって才能を見いだされ、東京で高等教育を受けるところまでが前半部。学校を卒業した万亀は単身福島へ教員として赴任し、その後、東京の出版社に転じて、やがて知り合った男性と結婚、中国大陸へ渡る。夫の徴兵後、山梨の実家に戻って出産した万亀は戦況の悪化の中で息子を失い、戦後の混乱期を闇屋として東京との間を往復し、故郷で小さな書店を始める、というところで終わる。

粗筋を大根切りで紹介すれば右のようになるが、重要なのは万亀の周囲の人物が見事に描かれ、その関係性の中で昭和を生きた女性たちが人物典型として見事に浮き上がって来る点である。固有性と普遍性をそなえた人物典型を描き出すことは、明治の言文一致運動以後、様々な作家が挑み、容易に到達できなかった地点であった。林真理子『本を読む女』は、作者の母親をモデルに描いたという噂を目にしたことがあるが、どんなモデルがいたかは実はどうでも良い話で、虚構性の中に――そのゆえに――人物典型を生み出し得た作者の文学的教養と、才能自体の方に注目すべきである。

近年は文学全集もあまり編まれなくなってしまったが、次に日本文学全集が編纂される時には『本を読む女』は昭和を代表する作品の一つとして、必ず収録されるべき作品である。

（安田女子大学文学部教授・作家）

『ミカドの淑女《おんな》』――《妖婦》下田歌子の光と影――

長谷川　徹

激動の明治社会を立体的な奥行きをもって活写した小説作品は、『坂の上の雲』を筆頭に数多いが、われわれは、近代国家を形成してきた歴史的人物たちの生きた群像に、そうした歴史読み物を通して親しんできた。一九九〇年に発表された『ミカドの淑女《おんな》』に登場する人物もまた、明治天皇と皇后を始めとする皇室関係者、伊藤博文ら維新の元勲たちや政府高官、乃木希典、日本初の女子留学生として鹿鳴館を彩った大山捨松や津田梅子、日露戦の勝利を予言したとされ〈穏田の行者〉とも〈日本のラスプーチン〉とも呼ばれた飯野吉三郎など、錚々たる顔ぶれである。本作は、多くの《男性権力者》たちと艶聞の絶えなかったとされる下田歌子を、《妖婦》と断じ、男女の交情のつぶさな暴露をもって攻撃した平民新聞の連載を軸に据え、しかし単なる伝記的な記録《クロニクル》でもなければ、史料をニュートラルに陳列した実録《ジャーナル》でもない仕方で描いた、ひとつの《セミドキュメンタリー》であり、また、情報や出来事を取捨選択しつつ、平民新聞をスリリングに再構成し、明治国家の舞台裏を垣間見せた社会ドラマともいうべき作品である。

下田歌子は、一八五四年（安政元年）、岐阜の士族の娘として生まれた。学問や和歌に秀で、十九歳で宮中に出仕して以来、皇后の寵愛を受けつづけ、国政の中枢とも密な交渉を持ちながら、やがて近代女子教育の中心的人物となった。その間、学習院での教授のみならず主に女学生向けの教科書や婦人誌での著述をつうじて、一方で

《賢母良妻》を説きながら、他方で新時代の女性のあり方を訓導した。本作が描く明治四十年の前年に正四位を授かり、学習院女学部長として女性では日本一の高位高給の職に就き、まさしく明治知識婦人の頂点に立つ《女帝》であった。一連の衝撃的な報道がなされたのは、まさにそうしたさなかである。下田と関係の噂があったとされるのは、伊藤博文、井上馨、山縣有朋、陸奥宗光、土方久元、三島通良、飯野吉三郎、黒田長成、南條文雄など多士済々であるが、本作は、伊藤、三島、飯野に集中している。

明治四十年二月二十三日から「妖婦下田歌子」を連載した「日刊平民新聞」は、幸徳秋水、堺利彦らの社会主義結社、平民社により発行され、日本社会党の機関紙でもあった。前身の「週刊平民新聞」は日露開戦に際し非戦論を展開したため弾圧され消滅していたが、「妖婦」連載の約一月前に日刊紙として復刊し、大杉栄、荒畑寒村、片山潜ら社会主義者の言論活動の場として、あらゆる社会問題に批判的論評を与えていた。と同時に、幸徳らがかつて所属した「萬朝報」が、《蓄妾の実例》などとして権力者の醜聞を煽情的な文章で、あけすけに暴露したゴシップ路線をも引き継いでいる。維新後の急激な欧化政策にともない、花柳界出身の妻を華美な国際社交の場に連れ出し、仮装舞踏会に興じる政府高官たちに対する追及と反発の声は少なくなかった。《平民》の立場から、そうした明治天皇制の支配権を襲撃する上で、常に華族や為政者グループの中心に見え隠れし、富と権力を手中にしていた下田歌子も、《平民》の対極にいる存在の一人として格好の餌食とされたのであろう。だが、四頁刷で発行部数一万を超えたものの、労働者など教育水準の低い階層や一般庶民には、漢文調の文体は難渋に過ぎ、読者層は主に進歩的な知識人の男性青年層に限られたようだ。「妖婦」連載中に西園寺内閣下の弾圧、発行停止命令を受け、四月十四日第七五号をもって廃刊となる。時代は大逆事件前夜の状況下にあった。

本作の語りは、三人称視点ながら、下田を取り巻く関係当事者の《独白《モノローグ》》に寄り添うような叙述となっている。「妖婦」連載の各日付と視点人物が紐付けられ、連載予告が載った四月二十三日の明治天皇から、廃刊を経た後日譚《エピローグ》の乃木希典まで、およそ十人の《声》を追う。かつて関わりのあった者、今も近くにいる者、それぞれが記事に触れて、記憶のなかの下田の相貌を呼び覚ましてゆく。捨松のように〈自分が抱いた不快でぎこちない感情と、この文章とはどこか重なるものがある〉と、下田に対する違和感を改めて強くする者や、乃木のように〈やはりあの女はそういう女だったのだ〉と溜飲を下げる者など、さまざまな反応が描かれる。その叙述は、視点人物の立場や心理にブランコのように近づいたり遠ざかったり、近接と離見を自在に渡りながら、《物語り》に抑揚と起伏をもたらしている。だが少なくとも中盤まで、そうした過去回想に下田本人の直截的な《肉声》は現れず、不在の声として遺漏されつづける。対照的に、言論における公共空間としてのメディア機能を持ち始めた新聞報道だけが、ひとり世間に流通する外在の声として挿入されていく。巻末に付された参考文献表にも、下田自身による回顧資料は除かれているが、基本的に彼女の発話は、各々の回想に持ち込まれる間接話法のなかに遠く響く。にもかかわらず、むしろ報道を受けて下田を語る各人の声の重層してゆく過程こそが、物語の進展そのものとなって、事の顛末と下田歌子その人に対する興味《サスペンス》を終局まで緩ませない。そのようにして、人々の思惑が複雑に絡んで烈しく胎動するなか、下田に関するいくつもの疑問が浮かび上がってくる。《なぜ下田歌子は平民社に狙われたのか》《なぜ皇后は下田歌子を寵愛したのか》《なぜ乃木は下田歌子を処分したのか》――。

むろん、それぞれが下田に対して懐《いだ》く嫉妬、不満、疑念や虞《おそ》れ、敵意あるいは侮蔑などの感情によって、記事の向こうに下田を幻視する己がレンズは如何様にも歪む。したがって、各視点どうしの矛盾はさまざまなレベルで顕れながら、なお作品内部においてそれとして衝き合わされることのないまま、《多声《ポリフォニー》》の集積としてのみ、事もなげに差し出されてゆく。あくまで語りは、ホログラムのように多光源をもって仮象される《下田歌子なるもの》の描写に従事している。そうして立ち上った下田歌子像は、メディア空間における《虚像》であり、具体的な関わりにおける記憶の中に結んだ《実像》でもあり、そうした虚実皮膜のあわいに、いわば《零度の表徴》のごとく働く支配原理《レギュレーション》となる。人々のなかに、下田の報道に関して全否定できる者は、下田側に立つ者を含めて一人もおらず、〈「平民新聞」をすべて信じているわけではないが〉、下田について自分の与り知らぬ部分に関する噂は無視しきれないのである。テレビやインターネットのような速報性・周知性を持つマスメディアも乏しく、Twitter のように情報が高速に拡散するソーシャルメディアもないなかで、暴露報道に対する各人の反応は、全体的なすり合わせもないまま、人々は知らず識らずの裡に記事の煽動に左右され、自らの思考、判断、行為の決定は、メディア言説のリアクションという側面を持つことにもなっていく。その点で、本作を、メディア空間に発する言説がどのように受容されたか――を示す光景として読むこともできるだろう。すなわち、明治の女性をリードする《女傑》から、政界中枢に跋扈する《妖婦》へと下田歌子像を決定づけたのは、ジャーナリズムによってであった。

　ところで渦中にあっては決して生身の姿を現さなかった下田であるが、平民新聞廃刊後、ついに伊藤博文の前に登場し、その現在の肉声が伊藤の耳目を通して描かれることで、物語は山場を迎える。下田は、〈わたくしはあれで、ふしだらな女、腹黒な女という烙印を押されてしまったのでございます〉と憂き身を歎き、〈男の方はずるうございます〉〈女に何ひとつ分けてくださろうとはしない。たまたま、なにか与えてくださると、それをすぐに取り上げようとするのですね〉と、女学部長の職を失わずにいられるよう伊藤の政治力を請い、〈皇后さんが、〝これ〟とおっしゃったら、すぐに〝はい〟と御返事申し上げる場所に侍ること〉を夢想として語り、〈もう宮中に戻れないといったら、わたくしはこれから何を支えに生きていったらいいのでしょうか〉と哀願する。

そのとき伊藤は、そうした直訴の裏に仄見える下田の〈隠しに隠しておいた別の顔〉に気がつく。〈あのお方がお膳を召し上がる時はたえずお傍にいてお世話申し上げたい……〉と恍惚とした表情で漏らす下田に対し、〈あのお方〉が皇后ではないことを察した上で、〈お前はその昔、帝と寝たのか、どうなのか〉という疑いを、この二十数年もの間くすぶっていた焦だちとして募らせるのである。すなわち、はからずもここに立ち現れた下田の〈別の顔〉とは、《ミカドの淑女《おんな》》という隠された《欲望の名前》であった。

一方、帝と皇后の間に《ミカドの淑女》がいたことは、皇后が下田を特異なほど寵愛した背景として描かれる。皇后に対し初夜を最後に閨を共にしようとしない帝は、多くの側室を抱えていったが、かつて一度だけ下田をお召しになろうと考えたとき、先回りするように皇后が自らのお抱えにしたのであった。忍従を強いられてきた皇后にとって、下田の窮地を救おうとすることは、〈今までわたくしがお願いごとをしたことがあったでしょうか〉という四十年来の〈精いっぱいの抗議〉を夫に示すことでもあった。だがそうした動機に秘められた機微を、男たちはまともに解しようとはしない。伊藤は、〈普段沈着でいらっしゃることで有名な皇后や皇太子妃も含め、〈女たちは歌子のことになると、なぜかいきり立つ〉と、下田に対する異常な執着や周章ぶりに眉を顰める。その焦だちは、国家に〈由々しき問題が起こっているというのに、日本の女たちは、醜聞の行方について取り沙汰している〉ばかりであり、〈自分たち男が世界を見つめ、少しでも日本の国益になることを思索している〉ときに、結局のところ〈女はどんなえらい女と呼ばれても目先のこと、自分の利益しか考えようとしないのだ〉という総括に終わる。

実際の下田は、〈家政は、恰《あたか》も、国家の政事に異ならず〉、〈家事内政を整理するは、婦女、生涯の本分〉（『家政学』）とし、維新がもたらした近代日本の建設はハード面ばかり重視されるが、〈婦女〉が〈生涯の本分〉として務める〈家事内政〉こそ、国政という一大事業に勤しむ男の働きを支えるものとして、まさに〈国益になること〉を主張したのであるが、明治の男たちは〈家事内政〉の場にはとどまらない下田から公職を奪っていくのである。学習院院長として、下田の処遇をめぐり周囲の政治的な思惑に圧迫されている乃木もまた、〈全く女は何もわかっていない。維新の際に、女がいったいどんなことをしたというのだ。おろおろと泣き叫ぶか、自分の喉に刃をむけた。（…）誰も男たちのように、刃を持って戦おうとはしなかった〉と唾棄し、〈革命も、歴史もみんな男たちのものではないか。男たちを軸に、この世の中は廻っているのだ。だから取り残された女たちは、それを恨みに思い、男たちの足をひっぱることばかりする〉などと痛憤する。そして、そうした男性優位を説く心理と表裏をなすように、〈女たちはいつか復讐を遂げるつもりなのだ。この革命で夫からなおざりにされ、子どもたちを失くしてしまった女たちは、きっといつか何かを始めるだろう。世の中から置いていかれた恨みを、きっとどこかで遂げるはずだ〉という女性恐怖を募らせ、下田や皇后が代表する女たちからの〈復讐〉に警戒心を強めるのであった。

　維新があり、明治天皇制国家の出来《しゅったい》によって、皇室を背景に下田歌子という女性は、国の中枢に上りつめ、確固たる地位を築いた。しかし同時にそのことは、女でありながら男性社会のさまざまな力学とそのしがらみに直に身を置くことでもあり、政治的な攻撃対象となることでもあった。ひるがえって、平民新聞が用意した《妖婦》という指示形容は、明治をなし、さらに国の大いなる歴史をつき動かしてゆこうとする男たち（帝、乃木、伊藤ら）にとって、彼らが国家伸展の《後衛》へと蔑ろにしてきた女性たちへの《内なる畏懼《ミソジニー》》を蔽おうとする、その必死の口吻でもあったように思う。

（専修大学文学部非常勤講師）

欲望を盗み合う、群雄割拠の世界——『トーキョー国盗り物語』——

錦　咲やか

いちばん欲しいものを望み、その夢を叶えること。それは人生において時に難しいことのように思える。夢を叶えるには努力や才能、運が一般的に必要とされ、それらを易々と自然に満たせる人々はそれほど多くないだろう。またそれ以前に、まずいちばん欲しいものをきちんと自覚し、自分が望むものはこれなのだと確信を抱くことも決して簡単ではない。欲望は常に外界を反映し、他者を介在し、心の中でくるくると入れ替わり続けていく。その奥のほんとうにいちばん欲しいものへと意識が到達するには、深く自らの底へ潜っていかなければならない。

『トーキョー国盗り物語』のテクスト内で生き生きと躍動する三人の女性は、真摯かつ軽やかに自らの欲望に向き合っている。そして鮮やかに、夢を叶え続けていく。ただしその夢の叶えられ方は、過程におけるささやかなもしくは大きな挫折の色合いによって、当初に思い描いていた形とは微妙に違う形をとる。だが彼女たちはいずれも、もたらされた夢の結果から、自らの欲望をもういちど、いくらでも、人魚姫の泡のように生み出し叶えていくことができる。それは泡のように儚い営為かと思いきや、実は非常にタフで、しなやかに再生し続ける細胞のような強靭さをテクストから印象づけるのである。夢が叶う - 破れる過程で彼女たちは、今まで知らなかった自らの真の望みに気づく。そして自分たちの夢が、当初の目論見からは少しずれた形で展開し、その波に翻弄された心を感じとりながらも、その実そもそもの欲望が正しい形で、正当に叶ったのだということを知る。

三人のヒロインである笙子、美保、絹はいずれも二〇代半ばから後半の女性だ。笙子はごく普通のOLであり、〈ふつうの女のコ〉と言われることにコンプレックスを抱いている。その平凡さから抜け出そうと彼女は必死に目標を考え、足掻き始める。〈そう、誰かが言ってたっけ、考えない女は、死んでるのと同じことだって〉と。〈そんなことは誰も言っていないと、再び笙子は思い出した。自分がつくり出した言葉だ。それでもいい。なにか考え始めるのだ、悩むのだ〉。自分で言葉を生み、行動へと移す笙子は、何ももっていないことに劣等感を感じていた自分の殻を破ろうと、一念発起して会社を辞める。これといって不満も満足も無かった中庸なOLから脱皮し、憧れの女社長の元へと一気に飛び込んで、やり甲斐のある仕事を見出しキャリア・ウーマンへの道を歩み始める姿は頼もしく映る。美保は、女の人生の幸せはとにかく伴侶となる男性によって決定する、という信念をもち、潔くその目標に邁進する女性だ。類まれなる美貌をもち、頭の回転が良く、いかに打算的と見えようが割り切って、自分の野心である、高いステータスにある男性との結婚願望へと突き進む彼女の姿勢は清々しい。絹は学歴にプライドをもつしがないフリーライターで、その現状に飽き足らず出版界で一旗あげたいと、こちらも野心を燃やし自らの単行本ベストセラーを画策する。有名プロデューサーの三谷に体当たりでパブリシティを依頼し、三谷がそれを請け負ったことで、絹の本『セックスしない症候群』は見事ベストセラーかつ社会現象となる。メディアへの露出も進み、夢を叶える絹。しかし絹の本に描かれた内容は、現実へと思わぬ侵食を見せる。

『セックスしない症候群』という些か刺激的なタイトルのルポルタージュは、東京に暮らす様々な若い女性の日常生活を集めたものだったが、絹は女性実業家へと階段を駆け上る笙子、〈とにかくいい男を見つけたい、そのことを生きる目的にしてる〉美保という二人の親友の話をメインに据えていた。そこで美保の結婚への打算や思惑を赤裸々に書いた部分が、彼女の意中の男性やその家族に読まれてしまい、悪印象となった美保の縁談は成立直前で破談となってしまう。美保は絹に絶交を言い渡し、自らの本の影響力にショックを受けた絹は、その後一切ひきこもり、華々しい人気や地位を全て失う。

この事件を契機として、三人の女性たちの夢が巧みに入れ替わっていく構造が姿を現す。美保はひょんなことから、職場の上司の美しい古屋敷に魅せられ、その建築物を残すためにスタジオ経営を思いつき、真剣に取り組んでいく。美保の語る〈今の生活って前に比べれば地味よ。恋人だっていないし、女としてよおし張りきろうっていう場面がないの。だけどね、私の喜びとか哀しみがさ、他人の匙加減ひとつっていうことがないからとても楽なの〉〈決定することも、選ぶことも全部私が出来るなんて初めての体験なのよ。今まで選ばれるのを待つだけだったんだものね〉という言葉は、彼女の顕著な変化を端的に伝えている。一方仕事の勢いを失った絹は、自分を押し上げたプロデューサーの三谷にプロポーズされ、戸惑いながらも受け入れて彼を愛していることに気づくのだ。ここでは仕事への野心が原動力だった絹の夢が、結婚という形に変化して訪れ、逆に結婚にしか興味の無かった美保の夢は、仕事を通じて姿を変えた実現へと向かっている。そして普通で平凡と形容され、ただふわふわとした未来への憧れしかなかった笙子は、絹の目指していた仕事で成功を重ね、恋人も手に入れる。

絹の結婚式で、絹と美保はビンゴで正面から争い、最終的に絹が花嫁ながら一歩も譲らずに勝利し景品を手に入れる。そこで初めて美保とのわだかまりが解ける。〈仕方ないでしょう。私が勝ったんだもの〉と美保を見やる絹に、美保は〈そうね、本当にそうね〉と絹の手を握る。〈絹が望んで、そして勝ったのよ〉。絹が、男性の力を利用し、今までのポリシーからして最も唾棄すべき行動をとったという自己嫌悪と対峙し、悩み抜いてようやく三谷への愛を認めた時、絹は自分の望んだ夢を知り、さらにそれを勝ち得たことを宣言する。夢に破れ、嵐に翻弄された末に自らの望みをしっかりと握り締める強さが、同じく欲望を逆転させられた美保の承認によって強く立ち上がる場面は、テクストの巧妙な螺旋上昇構造をドラマチックに示している。絹は、支配的な権力をもつ伴侶の男性によって、選択権をあらかじめ奪われた今後の結婚生活を予見する（それはまさに以前、納得づくで美保が目指していた欲望である）が、めげずにいずれ必ず取り戻す誓い＝新たな欲望を発出する。

〈トーキョー国盗り〉という群雄割拠のゲームでの勝者とは、望み続け、勝ち続ける者に他ならない。夢の成功という領土を、獲る、ではなく、クールに狡猾に、タイトル通り〈盗り〉合うゲームである。絹は美保から、結婚という夢を盗み得る。美保は自らの行動の選択権を手に入れ、笙子は仕事のやり甲斐を得る。誰が勝者であるのか、というある時点における達成の問題よりも、望みを新たに繰り返し生み出し、叶え続けていくテクストの運動だけがそこにあるのだ。勝利の確信さえも、悩みぬいた末にあくまでも束の間辿りつく、いわば感傷めいたものであり、新たに盗んだ夢だけが今掌中にある。そのような夢の陣地の勢力誇示争いで、彼女たちは切磋琢磨し、戦友としての連帯は、欲望の激しい盗み合いの中でも変わらない。〈もし自分たち三人の女を結びつけているものがあるとしたら、セックスや男、ひいては世の中に対するいささかクールな視点ではないだろうか。それらの価値を十分に認めているけれど、決して溺れたりはしない。〉と絹は思う。この女性たちの連帯は、生きている限り続く欲望の螺旋であり、それが彼女たちの生を互いに押し上げていくのである。

〈私がめざしていた人生っていうやつと、なんだか違うような気がして〉とため息をつく笙子を、美保は〈大丈夫ったら〉と力づける。〈私たち、幸せになるもの。いつも小さい不満を持ってるから、私たちは幸せになる能力があるの。望む、かなえる。私たち、これをずっと続けていくもの〉。〈望む、かなえる〉をずっと続けていく自信に満ちた運動の軌跡は、終わりなき戦国のような欲望世界において、不思議と爽やかな残像を与える。

（日本近代文学研究）

『文学少女』——カモフラージュとしてのゆがみ——

上坪裕介

林真理子の連作短編集『文学少女』は、一九九四年一月に文藝春秋より刊行された。「文學界」に断続的に発表した短編を集めたもので、「本の家」（91・9）「遠い街の本屋」（91・11）、「文学少女」（92・3）、「痩せぎすの男」（92・5）、「往復書簡」（92・8）、「影のないマリア」（93・1）、「本の葬列」（93・5）の七編から成っている。いずれの作品も主人公・史子の視点で語られるところは共通しており、年齢順に時代を追った構成になっている。たとえば最初の「本の家」では十七歳の高校生だが、最後の「本の葬列」では三十九歳になっているといった具合だ。

史子は、母のいとなむ田舎の小さな本屋で育った。母の昭江は若いころには才媛といわれ、作家になる夢を抱いて小説を書いては雑誌に投稿していた。終戦後、行方不明の夫を待ちながら自分の持っていた本を売るようになる。東京へ本を仕入れに行き、菓子商をしていた実家の一角で商売をはじめ、やがて小さな店を借りた。八年待って帰ってきた夫は、賭け事を好み、事業欲に取りつかれては仲間と何かを企むといった暮らしぶりで家をあけることが多い。それゆえ店は母が一人できりもりしていた。

多感な十代の史子は、自分の家が商売を営んでいることに嫌悪する。家や家族が丸ごとさらけ出されていることや、性的な雑誌が身近にあることに羞恥を覚える。同級生にからかわれることも少なくなかった。史子は昭江が四十の時の子供だった。本の埃と熱気に囲まれ、日々の重労働に追われている母の老いた姿に、恐れを抱くこともあった。

本屋にも、母にも、史子は愛憎なかばする複雑な感情を抱いているが、しかしいずれにせよ彼女の内部には常にこの二つの存在が大きく位置を占めている。

二作目の「遠い街の本屋」では、史子は上京して大学生になっているが、アパートの近くに田舎の家に似た小さな本屋を見つける。奥に座っている老婆に母の姿を重ねることで、実家に暮していたころのことを思い出す。厳格だった母は成人向け雑誌を高校生に売らなかったし、史子も過激な雑誌は隠れて読んだ。〈もしかすると史子の借りた「新鮮」も老婆の手によって、田舎の昭江に連絡されるのではないだろうか〉と、老婆と昭江とがどこかで繋がっているという想像をする。厳格で恐ろしい昭江がそばにおらず、読みたいものを自由に読める解放感に浸りつつも、むしろ実家を強く意識する史子は、そのために内部で母と分かちがたく繋がっている。嫌悪や恐れを抱きながらも、実家に似た本屋に惹かれ、母の面影を探す。史子の好悪の感情はいつも表裏の関係にあり、嫉妬や嫌悪は欲望や憧れと背中合わせになっている。

表題作である三作目の「文学少女」においても、それは鮮明に描かれる。二十二歳になった史子は、就職先がなかなか決まらず、大学卒業後三カ月たってようやく教材販売会社に働き口を見つける。新しく引っ越したアパートの隣室からは、ときどき女のあえぎ声が聞こえる。処女である史子は、その動物じみた声に驚くが、〈軽い恐怖は感じても、その次に来るものは嫌悪〉ではなかった。〈いつかそういう時がきたら、私だったらもっとうまくやれるわ。もっと綺麗な声をだすわ〉と思う。史子には本の中で様々な経験をすでにしているという矜持があった。想像は現実に負けないと考える。ここには彼女の複雑にねじれた感情がある。隣室の女や大学時代の友人である美保子に対する憧れと嫉妬、隠されてはいるが、矜持の背後には嫌悪もあっただろう。

さらに史子は、たまたま目にした雑誌に、性に関する体験手記を募集する記事を見つけ、〈試されている〉、〈これはひとつの試練ではないだろうか〉と感じ、自分の初体験を綴った文章を書きはじめる。想像と現実の間には差がなく、これまでの数々の想像からは、かぎりなく現実に近い経験を得ているのだということを史子は証明しようとする。その一方で会社の若い男性と関係を持とうとも考える。それもできるだけ早く。だが、史子には現実に行為を行うよりも想像を言葉で形にすることが優先される。そしてこの手記が第一席に入選し雑誌に掲載される。史子は有頂天になるが、友人の美保子からの〈だってあなたは昔から文学少女だったもん〉という一言によって、ここでもまたねじれた性情が顔を出す。

史子の呼吸が止まった。誉め言葉によって膨れるはずだった胸は、嫌なものを受けとめてしまったという思いで、ぶるぶると上下する。文学少女。史子にとってはこれ以上に侮辱の言葉はない。（中略）幼い頃、この言葉を何度史子は浴びせられたことだろう。家業が本屋だから、母親の昭江が昔文学を志していたということだけで、大人たちはたやすくこの言葉を口にした。（中略）この東京で史子のそんな過去を知っている者などほとんど居ない。処女であることと同じように史子は隠しおおせてきた。それなのにいま美保子は無造作にざっくりと史子の傷口に触れてくるのだ。

史子は〈文学少女〉というたった四文字の言葉に激しく感情を揺さぶられる。ところが、〈成し終えたことや、手に入れたものがすべておじゃんになってしまう〉というほどの拒絶を感じながらも、結局自分の書いた文章が評価されたことへの快感を忘れることが出来ず、さらに手記を書こうと決心する。これ以降、文章を書く喜びを知った史子は、続く「痩せぎすの男」では新人賞の佳作に入選して小説家の道を歩みはじめ、「往復書簡」では新人作家として母の人生を小説に書こうとしている。

　客観的に見れば、史子はいわゆる「文学少女」であることは疑いようがない。生まれたときから本に囲まれて育ち、むさぼるようにあらゆる種類の書物に親しむ。大人になって文章を書く喜びを知り、やがて作家になる。当然、そこには若いころに文学を志した母の影響もあったはずだ。そうでなければ繰り返しそのことを意識し、母の生涯を描こうという気は起こさなかったはずだ。ところが彼女はそうした自分を認めず、事毎にどこかねじれた感情をあえて抱くことによって、頑なに隠そうとする。母を憎み、実家の本屋を疎んじる。誰かを妬み、地位や名誉を、あらゆるものを欲する。しかし、彼女のそうした感情の発露は、心の底にある大事なものを隠そうとするカモフラージュに見える。内部に秘められた純粋で繊細な感情を、多くのねじれやゆがみで覆い、守っているともいえる。もちろん、大事なものとは、母・昭江と、自分が育った家である本屋への愛情にちがいない。その連枝として文学への想いも隠されている。

　ところで、本書『文学少女』は作者の林真理子を多分に投影したものだとされているが、それがどの程度まで事実と照応するのかは分からない。母親のきりもりする田舎の小さな本屋の娘として生まれ、本に囲まれた環境で文学少女として育ち、やがて上京して作家になった一人の女。これは林の来歴と合致するが、細部はどうだろう。林真理子は一九八〇年代に登場し、瞬く間にベストセラー作家になった。少なくともこの点で、地味な作家である史子とは大きく隔たっている。共通する部分も多いとはいえ、おそらく詳細に照らしあわせれば、それぞれの人生は似て非なるものであるはずだ。二人を結ぶのは、自身の純粋で繊細な心を、ねじれ、ゆがんだ感情や表現によって隠そうとする、その在り方ではないだろうか。


（日本大学芸術学部専任講師）

『白蓮れんれん』――窃視を利かせた官能の物語――

杉井和子

永畑道子との違い　実在の人物、柳原燁子（白蓮）は、華族出身で、九州の炭鉱王と離婚後、社会主義思想家宮崎竜介と結婚し大正の大事件を起した。すでに多くの人達がこれについて語ってきたが、林は小説『白蓮れんれん』（90・10、中央公論社のち文庫化、98）を著し、柴田錬三郎賞を受賞。燁子と竜介の七百余通の往復書簡を元に、切々とした恋情を全体像としてまとめたドキュメンタリー的な性格のものに仕立てた。

永畑道子の『恋の華・白蓮事件』（82・11）は、女性生活史の視点から〈伝右衛門、竜介、燁子の絡みを、取材による実像〉化した、ジャーナリストの試みである。冒頭に絶縁状、新聞報道の事情に続き、三人の出自、家庭環境、人間関係が語られる。自らの主観や批評を抑え、特定の人物に肩入れして黒白をつけず、最終的に到達した燁子の思想的な深まり、実践家への変貌を辿り、それも伝右衛門との歳月の所産と評価した。白蓮事件の波紋の衝撃を、時代の動き、社会現象の文脈に置き、同時代の姦通事件、民主主義、社会主義、恋愛至上主義の新たな運動に繋ぐ。反社会的とも思える竜介との結婚は、果敢に支えた周囲の人々や、短歌、往復書簡などで燁子に厚みを加えて描く。大胆で奔放な面より、慈悲心と内面の〈矛盾が作歌のバネとなった〉ことが出会いを生んだ土壌だとして、華族から平民となった燁子を自然なものとしていった。また、燁子の「恋愛論」の〈生ま身のはげしい悶え〉〈豊かな、屈強な胸、真赤な血液を、どくり、どくりと煮やしてゐる心臓のおと〉などの大胆な筆に注目し、元の夫との苦闘を喚起する。愛なき結婚からの出奔ではなく自らの変貌を生む土壌としたことは、白蓮を「思想」化された肉体とした永畑の着眼である。

一方、林は白蓮の思想ではなく、肉体と一体化した心情の妙と感じ、竜介との結びつきを、多くの男性と関わってきた女の最後の初恋とした。胸の高まりは竜介のロマンチックな感情で増幅され、往復書簡は皮肉や逆説表現で装われるが、かえって抑制された激情と思わせる。さらにそこに白蓮の罪意識を掬い取って愛に苦しむ複雑な内面を語る。恋心の繊細なアヤが特に肉体表現の細かさに表われる。〈すべてが燁子にとっての初めての経験である。男のことをその肉体ごといとしいと思う。指先のひとつひとつ、額のおくれ毛一筋も記憶に刻み、その先の行為をため息と共に思い出す〉(「双生児」)。また、〈顔におおいかぶさり、激しく唇を合わせた……燁子の歯の裏側から唾液がしたたり落ち、それが竜介のものと混ざる。もしかすると彼の生死も、病原体も何もかも燁子の中で混ざりあった……〉(「京の舞」)は、細部で示された竜介の結核の語りであった。

林の物語　性を描く林の筆の特徴は、微視の世界に肉体の実感を凝縮させ、さらに抽象の味つけが加わる点だ。三組の共犯の男女が京都に泊まったことを、各々の交わりの声を聴く燁子に表象した。〈仔羊が鳴くような声〉〈しのび泣くような訴えているような声〉と謎めかしつつ、自分と竜介を生々しく語る。〈「やめて」という燁子の抗う声は、若い男の唇でふさがれた。燁子は決して声をたてまいと内ももをぎゅっと強く合わせる。宴の後のむなしさはなかなか快楽とすり代ろうとしない〉。むなしさは燁子の奇妙な内面を見せるが、女主人公のこの造型こそ林の創る物語の核である。燁子の絶縁状の扱いを見よう。永畑は冒頭に置き、事実を公正に扱うために世間を好奇の眼と心情理解の動向をデータで示した。林は背景に目を配りつつ三人を男女関係に特化する。燁子に内面心理が加わり、伝右衛門は外面的に語られる。炭鉱の人々の会話や燁子との振る舞いで無知や堂々とした気風が、或いは派手な女性関係で人柄が示される。外側から描く方法は絶縁状の後の彼の呟きに極まった。ヤマの男達の怒りを一喝し男気を見せる。初めは寡黙な印象を与えた男が最後に見せたものは、知性を上まわる堂々たる存在感であり、他と十分に拮抗する。この表現もまた具体から抽象への物語的な展開と言ってよい。

竜介との愛に眼を向けよう。情熱は夫への絶縁状の筆の力で示される。女の繰り言にならないよう、林は細かく立ち入り怨みの心情を敷衍して行く。殆んど自分自身を語るように。自在な言葉で多くの男を操る燁子が最後に〈男に罪を与える〉凱歌をあげたとして復讐心を露わにした。女の物語を紡いでいるのだ。林の着想は多分に源氏物語的である。男性像に着目すると、絶縁状では年上の夫との愛が初めから無かったように綴られるが、見合いの時にはそれまで関わった貴族の男達のなよやかさとは違う男らしさを感じている。〈背の高いがっちりした男〉〈素朴な大男〉そして〈大人のやり方で燁子の躰を十分に愛した〉と発展する。林もまた源氏の髭黒が一番好きであり、（「誰も教えてくれなかった『源氏物語』本当の面白さ」山本淳子との対談）自分好みのマッチョな男が強調された。竜介もまた、若さや情熱が強調され久保博士のことはままごと遊びのようだったとされる。竜介との肉欲はその性急さに見出され、女の愛欲に作者の熱い息吹が吹き込まれ、後宮での女達の物語となっている。

脇役の装置　菅聡子は林が描く女達に〈欲望を露わにし〉〈男性たちのコントロールを逸脱した〉批評性、客観性を指摘する。（集英社文庫解説）その根拠を視点人物の初枝に見た。初枝は確かに相対化の役割を演ずるが、対男性性に限らずより広く人物の外側から内面を見ている。周囲の視線を使ってヒロインを描く林のこの得意技には推理小説的な悪意も働いて面白い。『ミカドの淑女』（90）で、明治天皇・皇后に寵愛された女流歌人・下田歌子と政界の大物達その他、乃木大将との接触までを曼陀羅模様風に描く。歌子は人との会話だけで示され、〈意図的にぼんやりした光のような、ミステリアスな存在にして、この光のまわりで男女がときに真面目に、ときに途方もなく滑稽にロンドを踊ってみせる〉（深田祐介・解説）ような像が、まわりの人物の批評、観察、憧憬などで作られる。後宮での噂、悪口は「平民新聞」が使われ女社会の嫉妬や羨望を剥き出しにする。そのような負の実態から優雅に立ち表われる歌子を皮肉な視線が把えるのだ。白蓮では脇役の初枝が野次馬根性とは違う密着の仕方で観察し、自らの女性性に照らしながら燁子を語る。青白い指と自らのごつい手の甲を較べて華族の育ちを思い、男達と自由に文通する女を〈まがまがしい言葉〉を使う〈もの書き〉とやっつける。自らの不遇と憧れ、嫉妬、批判のすべてを正直に告白し、自分の差、運命を感じる。その初枝が竜介との愛を追跡する目は執拗だ。「指鬘外道」の本読みを観る二人を凝視する初枝は、長旅で疲れた燁子の目の変化を〈疲れきってくすんでいた燁子の肌が透けるような白さを取り戻し……くまもすっかり消え〉と思う。竜介の横で〈呆けた表情……そのくせ目が光っている〉から〈彼の肘は不自然に張られ、燁子の体に少しでも強く触れようとしている〉と見逃さない。二人の恋は身体の細かな表情に示され、燁子の自意識は一途な思いとなって一挙に迸り出て行き、竜介と二人だけの世界に筆が絞られると初枝は後退していく。また、絶縁状を知った後の伝右衛門は、庭にいる彼の後から肩の震えを見る初枝を使ってすべてをわからせた。初枝の窃視、肉眼の働きの多彩な効果のこちら側で、燁子と竜介の恋は加速し初枝の追跡はなくなる。脇役の効果によって物語が重層的に語られたのである。

終わりに　林は電報や往復書簡を使って言葉を新たな地平に持ち出していった。世間の人々の悪口雑言という言葉の毒を、心の奥行きを表わす言葉とするために初恋と価値づけたのである。知識人の久保博士に小心さと教養が生み出す優雅さを感じていた燁子は、竜介の稚気、若さに感応し自らの官能の昂まりを実感した。往復書簡に見られる屈折した言葉を林は見逃さず、奥行きを感知した。泥々とした俗の感情にめげず、一方、他愛のない二人の痴話喧嘩を、伝右衛門とは共有できなかった知の粧いとして描き込んだとも言えようか。（元茨城大学教授）

家族をめぐる承認とトリップ——『素晴らしき家族旅行』——花元彩菜

『素晴らしき家族旅行』はかつて二度テレビドラマ化された小説だ。「人生最悪三代の嫁姑戦争」や「姑フルコース逆襲」などの各話のサブタイトルを参照してもわかるとおり、嫁姑問題をはじめとした、家族に焦点をあてた作品となっている。まず、簡単にあらすじを押さえておく。千葉県船橋市在住の菊池忠紘・幸子夫婦は、一家で忠紘の両親と妹の住まう実家に一時的に引っ越す。忠紘の祖母・淑子の介護がその理由だ。祖母と母・房枝の仲は険悪であり、また父・保文の兄弟も淑子らと疎遠になっており介護の担い手がいないという話のため、幸子主導で介護をすることにしたのだ。忠紘と幸子は自分たちの行動がきっと周りから感謝されるはずと思うが事はそううまく運ばず、さらに相続問題や彼らが不倫略奪婚であったことなどが話に絡んでくるのである。

本小説における家族は、菊池の「家」と不可分なものとなっている。忠紘や菊池家の面々、とくに幸子にとっては夫・子との核家族だけでなく実家の面々も、果ては親戚でさえも広く家族と示される。幸子は御家柄を誇る菊池家をたびたび揶揄し、忠紘は長男や家長としての気負いが強い人間だと描かれているなど「家」の問題は根深い。また、特筆すべきは、菊池の「家」は三代・各世帯すべて婚姻関係にある夫婦とその実子が揃っているという、家族の形が多様化している現代において前近代的ともいえる「完全」な家族構造を取っている点である。なぜなのだろうか。まず考えられるのは、この小説における菊池家のように、「家」を数世代にわたる系譜として描くことが、現代的な家族像では困難なのではという点だ。菊池家の古風なところがホームドラマの舞台装置として機能しているのだ。くわえて、この古さが別の古さを覆い隠しているのではないだろうか。

菊池家の異分子として存在しているのが幸子である。彼女は福岡に転勤してきた忠紘との〈大恋愛〉のすえに夫と娘を捨てて忠紘と結婚した。その恋愛譚は若い女性達の間では羨望の的となり、また幼稚園の保護者付き合いでは若いママ友達から慕われていたりするなど、幸子は年齢に反した若々しさを持つ女性をとして描かれている。しかし、一方で彼女はまたその恋愛と婚姻とにおいて古さが露呈しているのだ。元々幸子は大学進学に合わせて上京するという夢を持っていたものの、母の反対に遭い実現しなかった。幸子は最初の夫が東京に〈連れて行ってくれる〉ものだと期待していたがかなわず、本来の意思に反した平凡な結婚生活を送っているとこぼす。その幸子を選びとって、首都圏での生活を与えてくれたのが忠紘だ。彼らの恋愛譚は、〈あの時代、恋というのは思想と同じだった〉〈つまり普通の人がやれないことをしている、自分たちは選ばれた人間なんだという闘志に燃えてしま〉っていたと語る淑子の若かりし頃と本質は変わらない。近代における男の立身出世が上京し学問をおさめ良い職に就くことならば、女の立身出世というべきものは理想をかなえる男に選ばれることだったろう。現代に生きる幸子はそういった型に嵌る古さを持ち合わせている。そして、忠紘と幸子との結婚に猛反対していた菊池家と交際することを夫婦が選択するならば、そこには「家」にそれぞれの形で承認されたいという欲望もまた存在してしまうのだ。

幸子の承認への欲望は感謝と金銭の要求につながる。彼女は折に触れて自分のやっている介護について義両親や親戚から感謝されてよいのだと言っており、また義両親からの感謝の形として金銭を得てハワイ旅行することも夢想していた（実際は幸子らがいなくても介護が機能することを隠されており、報われないのだが）。その思想の背景には最初の夫と娘とを裏切ったことにより、福岡の「家」から放逐されたも同然な状況があり、その思想の根底には自分のためだけでなく、自分との婚姻のために〈菊池家のアウト・ロー〉となってしまった夫への配慮もみられる。

幸子の欲望はしだいにあきらめの境地に入るものの、その性質は菊池家に受け入れられ、コミットするのを望むものである。それに対し、忠紘の菊池家に対する欲望は、家族を否定することで承認されたいという屈折した面を合わせ持っている。先述したとおり、忠紘は菊池家の長男としての意識が強い。実家の面々の振る舞いを幸子に身内びいきだと言われるほど肯定的に捉えようとしたり、幸子と実家との仲介役につとめたりする節が多々見受けられる。一方で、長男であるからこそ、家長としての意識もまた強調されている。「家」の呪縛から離れ、独立した姿を見せることで承認されたいとの欲望があるのだ。青年時の忠紘は母・房枝の庇護下にあり、〈坊っちゃん〉と形容される人間だった。その状態から脱した、母親と精神的に決別したと忠紘が感じているきっかけが幸子との〈大恋愛〉である。自分で女を選び、勝ち得たことが彼の胸の中の〈青白い火〉となっている。〈大恋愛〉の経緯において、房枝は極度の潔癖症になるなど精神的に傷を負っている。忠紘はそれを負い目に感じながらも、同時に母を傷つけ、幸子との家庭を、愛を選ぶことこそを家長としての自信に繋げている。親族会議を進める際に、忠紘は房枝を言い負かした後で〈母親を怒鳴り、妻を抱きすくめる夜〉に高揚を覚えるように。

忠紘の家長意識は怒りと愛情をコンパスにしている。彼は、幸子が〈菊池家のアウト・ロー〉となった自分への心情を吐露したときに、自分にとっての家族は幸子であると認識した。そして自分たちを無碍に扱う菊池家に怒りをあらわす。そもそも忠紘の中では男らしさや勇気といったものは〈爆発を起こすこと〉と同等である。だからこそ、菊池家からだまし打ちの形で追い出され、〈「忠紘ちゃんには無理なのよ」〉と笑う家族に怒りと暴力を以て決別するのだ。それこそが家長だと。

菊池家のだまし打ちとは、忠紘・幸子夫婦の存在が妹・久美子の縁談に差し支えるからと言葉巧みに夫婦を実家から追い出し、夫婦抜きで久美子の結納を済ませたことだ。ここにおいて、承認を求めた幸子と忠紘とはきっぱりと否定されてしまう。忠紘らは一度は菊池家と絶縁したものの、祖父の危篤、そして死をきっかけに親戚を含めた菊池家との交流をほどなく再開する。物語のラストシーンは〈ピクニック〉と称した親戚一同での祖父の墓参りである。家族や親戚間の仲は小康状態にあるが、相続問題が裁判に発展しかねないなどしこりが残っていることが暗示されている。その流れを受けて、幸子が〈許しあうのが家族〉だと言って物語の幕は閉じる。忠紘と幸子はそれぞれ家族に対して承認の欲望を抱えていたが、作中でそれが叶うことはなかった。古き家族の呪縛に囚われたままの彼等に何らかの救いはあるのだろうか。

あえて救いをあげるならば、それは『素晴らしき家族旅行』というタイトルにある。最終章の副題に取り入れられている〈ピクニック〉もそうだが、夫婦にとって菊池家とは旅行や行楽に言い換えてよい非現実な場所であり、還るべき場所が別にある、あるいは作り出せることが暗示されている。また、幸か不幸か菊池家との交流において承認されず精神的地盤が不安定なことが手伝い、忠紘が幸子の可愛さを何度も反復するように夫婦間の愛情は強固なものとなっている。非現実な空間に行って、還る過程で登場人物に何らかの成長が起こるという物語の基本構造に則るならば、長い〈旅行〉をした夫婦にも、物語に描かれていないその先の変化を、救いを期待したいところである。

（日本近代文学研究者）

『女文士』——奥山文幸

「女文士」は、「新潮45」一九九四年一月号から一九九五年五月号まで連載された小説で、一九九五年一〇月に新潮社から『女文士』のタイトルで出版された。装幀・装画は金子國義であり、印象深い良い仕事をしている。その後、新潮文庫版『女文士』も出版された。

『女文士』は、女文士・眞杉静枝の弟子でもあり秘書でもあった二十四歳の堀内洋子の視点から描かれた評伝的小説という形態をとっている。全一四章の長編小説であるが、第一章が眞杉静枝の葬式場面を描きつつ静枝と洋子のいきさつを述べ、第二章途中から第一一章まで、虐げられた元秘書洋子が決意して描く静枝の評伝小説という内容になり、第一二章から第一四章までが洋子の回想と感慨の描写になる。入れ子構造の小説なのである。

眞杉静枝は、戦中戦後に何冊もの小説集を出し、文壇の周辺で活動もした小説家であるが、むしろ武者小路実篤など男性作家との艶聞で記憶される類の人物ではあった。ホモソーシャルな社会における〈女嫌い〉の典型的対象のようなイメージをもたれてきたのである。

本書でもそのようなイメージが洋子の視点から強調される。

作品を書く芸術家ではなく、作品を夢想しては出版社に前借りしたり、小説家仲間との交流そのものに意味を見出そうとする〈女文士としての生活〉を追い求めた人物として、つまりは俗物として、静枝が描かれる。「ことさら流行作家ぶる」ことに腐心し、「人前で小説家として扱われるのが大好きでもあった」、「もう女とはいえない性の生き物」が、この小説における静枝の基本的なイメージである。『女文士』という題名がそのまま眞杉静枝への批評になっているのである。

読者として最も魅力的なのは、静枝の通夜の場面から始まる第一章であろう。洋子という視点人物がみずみずしい筆致で描かれ、周囲に毒を振りまいていたであろう死者がなぜそこまで毒々しかったのかという謎が提示されて、読書の意欲を喚起する。

洋子から弔辞を頼まれた高見順は「あきらかに迷惑そう」にするし、「今日の通夜に集まった者の多くは、表情のどこかにしのび笑いの翳を隠しもっている」ように洋子には思える。「全く死んだ後も、これほど噂を立てられる女がいるだろうか」と彼女はあきれる。宇野千代は、「あの人のために心から泣いてる人なんか、そんなにいやしないんだから」と、「諧謔とも、意地の悪さともどちらもつかぬ言い方」をする。

「武者小路実篤と中村地平は同棲していた静枝の愛人、そして中山義秀は昭和十九年から二十一年まで籍を入れていた静枝の元の夫であ」り、宇野千代によれば「誰ひとりとして、男の人といい別れ方をしていない」静枝は、洋子をほとんど無給で四年間、弟子兼秘書として酷使する。「静枝の我儘に振りまわされた」洋子は、「見るものが面白くてそれに目を見張っているうち、声が失われていることに気づかない少女」となり、「静枝によって少しずつ、書くという心を削られ今は何も残っていない」状態である。洋子は、静枝と出会ったために「まだ二十四歳なのに、私の中から書くという最大の、そして唯一の野心が失われようとしている」のだ。

しかし、人間を見る眼力はついたようで、静枝について、「憎悪の対象にされるほど芯のある悪人ではなかった。一言で云えば、だらしなかっただけである。（中略）落第点を強力に上廻るほどの彼女の文学でもなかった」

とも述べることになる。

静枝の男漁りは、洋子が間近で見聞きするだけでも、丹羽文雄に色目を使ったり、五十歳を越えてもリチャード・レインという二十七歳の白人留学生を愛人としたりすることとして作中の評伝小説で描かれている。

この小説で、眞杉静枝とは対象的なイメージで描かれるのが、「静枝が死ぬまで羨望を持ち続け、激しい嫉妬を燃やした女流作家」、「尾崎士郎、東郷青児といった男たちと浮き名を流しながら、今も華やかで美しい女流作家」、宇野千代である。宇野千代については、「女文士」ではなく「女流作家」という用語が使われる。つまり、宇野千代は「女流作家」であり、眞杉静枝は「女文士」であるという区別がこの小説ではなされている。そのことが、この小説の輪郭を明確にしてもいる。俗物と芸術家、凡庸と天才、人格破綻者と粋人など、陰と陽のイメージが明確に提示され、酷薄なまでに静枝の生活がマイナスに価値付けられていく。

「今も華やかで美しい女流作家」宇野千代に対して、静枝は「目の上の脂肪がとれてくるに従って、少々品がない金壺眼というものになって」おり、「その頃もたびたびうっていたクスリのせいで、頬のこけ方も尋常ではない」のであり、スタイル社という雑誌社を成功させた宇野千代に対して、静枝は、鏡書房という雑誌社をつくってすぐこわしたのであり、華やかな才能にあふれた宇野千代に対して、静枝は、ときには「善良なやさしい女」ではあるが根気も才知もないのである。

洋子の体験によれば、「静枝のやさしさというのは、脈絡のないやさしさであ」り、「静枝の狡猾なところは、途中で急に被害者にすり変わること」であり、「死の少し前に彼女がはなった悪臭はあまりにも強烈なもの」であった。その俗物性は次のように描かれてもいる――「あれほど子どもじみた執拗さで、えらくなりたい、人に認められたいと願った女を私は知らない。飴を欲しがるように、賞賛や愛情をねだった大人の女が他にいるだろうか。しかし多くの人々は、静枝のその強欲さに辟易し、ほとんどは去っていったのだ」。
以上のような描写にもかかわらず、この小説は、眞杉静枝を誹謗中傷するものにはなっていない。そこには、眞杉静枝という小説家に対する愛や敬意はほとんどないが、凡庸な小説家に対する洞察がある。おそらく、『女文士』は、平凡であることの本質のなかで最もおぞましいものを描こうとしたのである。非常識な俗物と非常識な芸術家がいると仮定して、『女文士』が描こうとしたのは、非常識な俗物の方であった。「脈絡のないやさしさ」も「途中で急に被害者にすり変わること」も、「飴を欲しがるように、賞賛や愛情をねだった大人」さえも、この世には数多存在する。そこに「強欲」という関数や「強烈」という関数がどのように掛け合わされるかによって様相が変わっていくだけである。関数の掛け方によっては、われわれの比喩的な意味での隣人が導き出されることにもなる。ある意味で、とてもリアルな小説だと言える。

『女文士』は、林真理子という個性が導き出した上質な佳品ではある。第二章途中から第一一章まで読者は、台湾で育ち結婚した女が、夫を捨てて大阪に逃げ、やがて武者小路実篤の愛人となり、いくつかの男遍歴を経て中山義秀の正式な妻となるという類の人生叙述を追っていくが、例えば私小説の名作におけるような錯乱と狂気の中にほのかに光る清らかで無垢な魂という形象とは縁がない。そこにあるのは、現実に等しい時間と空間だけである。あるいは、それらに関する情報だけである。洋子が書いた作中の評伝小説には、情報はあっても感動がない。読んでいて息苦しい感覚になるのは、筆者ばかりではないだろう。この息苦しさを解放してくれるのが、堀内洋子という視点人物の設定であろう。洋子のなかには、林真理子が鍛え上げてきた批評眼がはめ込まれており、それが、作品の味わいを深めていることは間違いない。

（熊本学園大学教授）

性を突きつける——『断崖、その冬の』の女と男——石川則夫

あなたは女性でしょうか？　それとも男性かな？　そんな質問をこの小説の読者へ向けたくなってしまうというのが本作読後の第一印象である。いや、読んでいる誰かにそう尋ねたくなるというのではなく、正しくは、読んでいる自分の性について改めて意識的になる。これが本作を読む過程で浮かび上がってくるもっとも強いイメージなのである。たしかに作中で展開されるのはある女とある男との濃密かつ危険な香りがそれと誘う性的な行動、ある意味では動物的であり、食欲を満足させるのと同水準に位する欲求や欲望の姿である。ロマンチックな恋物語への期待は裏切られるし、雅やかなしぐさが発する誘惑への葛藤さえ最小限に抑えられている。物語もキャラクターの造型も特段の難解さや特殊な形容もないし、そういう意味では実に読みやすい作品と言える。毎日の通勤電車内の四～五十分、もてあまし気味ならオススメしますよ。でも今書いた通りの内容なんで、朝よりも帰宅途中の方がふさわしいかな。テレビドラマでいったら夜十時からの放映という感じだから、ホンワカと脱力じゃないけれど、あらまあ、というシーンが毎週あるのだから。さて、ごくありきたりの現代小説では読者は女、男、どちらが多いかな、なんてことは意識せずに読んでしまうけれど、林真理子の小説ではその読者の性別がちょっと気になるものである。それは描写力、なにをどのように描写すれば効果的か、その視点の置き方と文章表現そのものが群を抜いているからなのだが、実は文章のうまさと言っても並み一通りのそれではない。描

写が恋愛を告白するということ。誰がどうしたといってハラハラ、ドキドキで物語を追っかけているあなた、一日、二日で読み捨ててしまうのはじつにもったいないのですよ。

時折、ふっとページから眼をはなし、車窓からの風景を眺めてみるように、今のページを思い起こし、今一度読み直してみましょうよ。すると、こんな風景が見えてくるのです。

自分の掌の厚さを誇示するかのように、男は枝美子の指を折り、それを強く包む。そしてまた指を解放したかと思うと、今度は指のつけ根を押す。枝美子の指はしばらく男に弄ばれる。男は自分の四本の指で枝美子の指を整列させ、横から圧迫を加える。そして残った親指で、枝美子のぴっちり重なった指の隙間に入り込もうとする。男の爪は短かったが、かすかな痛みが走り、枝美子は思わず「あ」と声を出しかけ、あわてて喉の奥に匿った。

「……あんたと二人きりになりたくて気が狂いそうなんだよ」と欲望をストレートにぶつける男とともにタクシーに乗り込んだからには、さぁ、どこでどうなるかついつい先へ先へと眼が走り、ちょっと行数の多い地の文なんかもどかしくって読み飛ばしてしまいがちだ。しかし、こうした地の文にこそ、これから先の枝美子の愛欲に溺れる姿態は充分に象られているのである。そして、じつはこの何気ない地の文の描写の働きは、いっきに読み飛ばしていく性急な読者の脳裏にも、ちくりちくりと想定可能な展開の刺戟を与えてもいるのであるが、もう一度、この描写を読み返す者は、はるか昔に味わった自分の経験をも喚起せずにはおられないのではなかろうか。また、それればかりではない。

枝美子はもう一度目を凝らして、真美の横顔を見つめる。真美は耳朶が美しい。小さなプラチナのピアスをしているのが、ふっくらとした薄桃色の耳朶をさらにひきたてている。頭部の血液や活力が次第に落ちてきて、耳のあたりにぽってりと貯まっているようだ。産毛のような後れ毛が、刷毛となってその耳を飾っている。

薄桃色の度がいつもより強いのは、おそらく昨日までの休日、東京の彼のところで過ごしてきたからに違いない。

枝美子より十一歳年下の新人アナウンサーの木田真美の若さと異性関係の放埒さを、語り手は枝美子の視点を借りながらこのように繊細に語っていく。しかし、こうした視点、眼の付けどころとは、女性ならではのものであろうか。それとも男性の眼差しを研ぎ澄ましたものなのであろうか。人体の細部への過剰な表現が醸し出すその人間の経歴やプライベートな場での振る舞い方、心理とはそこに見えている具体的な〈指〉のしぐさであり、〈耳〉の色艶にあると宣言する小説である。したがって、登場人物の台詞は限りなく後退していく。そして、こうした地の文の魔力に誘われた読者にとって、もし、あなたが女性なら自らの容色の鏡として羨望と嫉妬と優越感に戸惑っているかもしれないし、男性なら初めて覗く性の小窓に後ろめたさを感じるのかもしれない。

北陸のとある県庁所在地ふうの町での冬の訪れから春が近づくまでの時間、地方局のアナウンサーとしてキャリアを積んできた西田枝美子は都会への想いを棄てきれぬまま十一年間をこの町で過ごしてきた。地方局とはいえメインの女性アナウンサーとして主要な番組を担当してきた枝美子は美人アナとして有名でもあり、そうした評価に引きずられたまま現在のポストに甘んじてきたのだろう。この町での恋愛も、不倫も、いわゆる情事としての身の処し方もそれなりに心得ている。ベテランとしての矜持はあるものの、そろそろ看板番組から外されそうな三十四歳という年齢にある種の限界を感じてもいる。同じ大学出身の新人女性アナは東京への意欲を隠さないし、かつて枝美子と関係があった職場の上司のセクハラを堂々と訴えようとする後輩もいる。明確な意思表示とその行動を控えてきてしまった三十四歳の独身女子アナはいかにして次の一歩を踏み出せるのか。そこへ回りくどい手続きなど無視した性欲丸出しの六歳年下のプロ野球選手が現れる。だいたいテレビ局の女子アナってプロスポーツの選手と噂になったり、ゴールインしたりって話が至るところありすぎていささか陳腐でもあるんだが、どこでどうやって口説き落とすんでしょうねえ、ははぁ枝美子さんの場合はこういうところが隙なんでしょうか。周りをよく見て、迷惑掛けず、ほどよく自己主張もするけれど決して道を逸れるっていう生き方はしない、あるいは出来なくなった大人の女性は、「笑うと童顔になる自分の魅力を十分に知っている」やや年下の男の強引な身体にはズルズルといいように引きずられてしまうのでしょうか。男の本気を確認し、自分の本気も自覚した枝美子はもはや後戻りすることは出来なくなってしまう。男は投手生命を賭けて肩の治療にこの地の温泉を選び、一軍復帰への意志を燃やし続けていた。決して自暴自棄になってつかんだ女がたまたま枝美子だったわけではない。肩の完治の予感から再びの夢を追い求める生真面目さが女を不要と切り捨てるという、この男にとってはただそれだけのことであった。しかし、自らのキャリアもそろそろ生かし切れそうもない年齢にさしかかり、転職も含めて行き悩んでいた女にとってそのときだけの本気ということにして、一つの過去への振り返りという処理は出来ない相談だった。

この男はただの愛人ではない。枝美子の希望であった。希望というものは人生をまっぷたつに分ける。それがある人生と、それがない人生とにだ。ある人生を知り、それに賭けようとした人間は、もはや後に戻ることは出来ない。枝美子はどう努力しても、男と知り合う二ヶ月前の枝美子には戻れないのだ。

枝美子が再び生を得る方法はひとつしかない。それは男を無にすることだ。

その冬の終わりとともに自分から去ろうとする男＝志村と最後の記念写真を撮ろうと立ち寄ったまるで自殺の

名所・東尋坊みたいな断崖のフェンスの前で、男は枝美子に大きな背中を見せている。

自分にはこの男の背を押す権利があると、神も言っている。

その通り、枝美子は目の前の大きな背中を勢いよく押すに違いない。男は「絶叫と共に海へ落ちていく」。そして、勢い余って枝美子自らも投身してしまうかもしれない。ニュースワイドショーではそれからしばらくの間、今期の活躍を期待されたプロ野球選手が地方局の女子アナと心中？　という話題が続くのだろう。

たしかに、「希望」をつかもうとしてつかめない者、かつてはつかんだがいきなり失った者、もうすぐそこにつかめそうな者、そうした若くもなく年老いてもいない女と男の身体と心のアンバランスな形態をこの物語は描き出している。しかし、そうした話題はそこらじゅうに腐るほどころがっているし、だからこそ本作品の物語は読みやすい。それこそ週刊誌のゴシップネタのように生き生きと活字が踊っているのだ。だからと言って、ここで表現された枝美子や志村の身体に潜んでいる性が主役だとは言い切れない。

重ねて引用しておこう。

彼の手はそろそろとメニューから移動し、枝美子の手の甲に触れた。昨年の夏、そこに小さなシミが発生したことを思い出す。しかしこの照明の下では何も見えるはずはない。男の手は大胆になり、中指とひとさし指。くすり指と枝美子の三本の指を握る。男の手は大きく、彼の中指はたっぷりと枝美子の三本の指を一周した。強く握る。まるで枝美子をこらしめようとするかのようだ。男の欲望は指に結集され、枝美子を貫こうとする。

先の引用文もそうであるが、本作品の地の文の文末にも注意を払うべきだろう。こうした細部の描写にはそれとなく現在終止の文体が現れる。それは、この出来事を、枝美子を通して語られている現在であることを示しつつ、その今の枝美子の感触を通して、そこを読む読者においての現在へも侵入してくることになる。しかも、現在時を促しているが故に、読者は各々の過去をあれかこれかと参照しはじめてしまう。今、ここでの意味を唆してくるのがこの文体の力なのである。

林真理子の描写力によって、その行間にたゆたう読者自身の性が、回想的に、そして自己内対話を伴って突きつけられるのである。

（國學院大學教授）

書誌情報・「小説新潮」一九九五年七月号〜十月号連載　一九九六年六月三十日　新潮社刊（新潮文庫版は品切れ中）

あざ笑えない屈託——鈴木愛理

——麻也子はなぜいつまでも「不機嫌な果実」のままなのか——

なんてあざとい女だろう——三十二歳の麻也子は結婚六年目。三十四歳の夫・航一にどこか満足しきれず、昔、振った弁護士・南田と豪華な食事を度々楽しんでいる。夫以外の男と食事に行く自由と機会を得ていることに満更ではなかったが、南田が結婚すると聞き「私はものすごく損をしたんじゃないだろうか。」と自問し始める。南田は物凄いエリートだが醜く愛せそうにない、それに比べ航一は容姿も経歴も決して悪くないので夫に選んだ麻也子だったが、年を取れば誰もが容貌は衰え見た目が同じになっていくなら学歴や収入で選んだ方が正解だったのではないか、航一より南田を選ぶべきで、航一を選んだ自分は損をしたのではないかと考えるのである。

この調子で麻也子は自分の損得を熟慮し、自分の行動を合理化しながら事を進めていく。例えば夫に対する苛立ちの原因は性の欠落と考え、浮気をするとかえって夫に優しくできるという女友だちの言葉から、夫を愛するために他の男と寝るのは根拠のないことでもないと考え、不倫をすることを合理化するのである。その後も様々なものを天秤にかけ、麻也子は不倫、離婚、結婚、さらなる不倫を選択していく。

こうまで貪欲で狡猾な麻也子がなぜ幸せになれなかったのだろう。その最大の理由は、幸せの基準が自分にないからである。麻也子の考える損得は、世間体＝「麻也子の所属する世界」（中級以上の東京のサラリーマンの娘たちで構成される世界）での評価に基づいている。終盤、「人生で一度やりたくてたまらなかったこと」である「衝動にかられて」を実行し、姉に「甘いものが欲しかったのよ。(中略)男の人から抱きすくめられたり、好きだって言われたり、キスされたりしないで、どうして生きていけるんだろう……」と告白し姉を絶句させ、最後は「一度も経験していないこと、子どもをつくること」を一刻も早くしたい、通彦と野村は同じ血液型なのでどちらでもよいと考え、排卵促進剤を飲んで野村とのセックスに臨むという、読者を絶句させる展開をするが、これらも皆が憧れるようなことや皆がしていることを自分もしたいという他者に依存した欲望に過ぎない。幸せの基準が他者にあるから「どんな幸福を望んでいるのかと問われると、麻也子は困ってしまう」のだが、実際には単に日常が退屈でつまらない、そのことに堪えきれないので特別な何か、刺激的な何か、あるいは劇的な展開を求めているだけで、それが自分にとって本当の幸福であるのかはわかっていないし、問うこともしないのである。

麻也子は決して不幸な境遇にはなく、凡庸な日常を生きている。その凡庸さこそが麻也子の不満の原因ではあるが、凡庸さを不当と感じることに麻也子の不幸の原因がある。子どもを産むように催促する姑はいるが、女としての麻也子には興味を失っているものの悪くない夫がいて、中堅の製薬会社の秘書という「毎朝老舗のパン屋から届けられるイギリスパンをかっきり三センチに切り、よくトーストして紅茶と一緒に出す」くらいの楽な仕事もあり、母親からお小遣いをもらっている、そんなそれなりの幸せを得ている麻也子を不倫へと衝き動かすのは、不当だという感覚である。『不機嫌な果実』の文庫本カヴァーには、「『不倫』という男女の愛情の虚実を醒めた視点で描いて」いると書かれているように、醒めた語りが醒めていない彼女を突き放し、極立たせている。

彼女に不当感を抱かせるのは、それなりの自信である。「三十を過ぎてからの方がはるかに肌や髪の手入れに張り合いが出てきた。(中略)金と手間をかけた分だけ、肌は持ち主の愛情に応えてくれる。」と言うことで衰えのない美しい肌や髪は強調されるが、顔立ちには触れていないことが気にかかる。ミッションスクールを幼稚園から大学まで進んだ麻也子は、大した学歴はもたないもののお嬢様としての価値を自負している（舌打ちしたい気分になっても女がひとり舌を鳴らすことをためらう）。「あっけらかんとテレクラに電話をかけ、知り合った男たちとホテルに出かけたりする」女は「教養のない馬鹿な女」と否定的に言うことは、自分はそうではないと言うことに等しい（実際にそうであるかは別にして）。自分より学歴のよい女や若い女に引け目を感じ、ミッションスクールをドロップ・アウトし美大に進んだが軌道修正し、いまは商社マンの夫と双児をもち、美貌にも自信をもっている姉にコンプレックスを抱きながらも（姉の忠言に耳を貸さないのはそのためであろう）、麻也子は決して自信のない女ではない。そう悪くない女としての自信に満ちていることが、普通を不当であると感じ、特別扱いされることや劇的な人生を渇望することにつながっている。

だがこの不当感こそ不当であるのだ。「私はものすごく損をしたんじゃないだろうか。」「自分だけが損をしている」「やっぱり私だけが損をしている」という言葉が繰り返されるが、被害妄想も甚だしい。「想像の中で、麻也子はいつも被害者の立場ではなく、加害者になっている。男と女の世界において、被害者にだけは絶対になりたくないと思う。加害者こそが勝利者にきまっているのだ。」と言う麻也子には被害者意識がつきまとうが、なんとしても被害者になりたくないと思うあまりそう感じてしまうだけである。あるいは、加害者になることを正当化するための言い訳をでっち上げているだけである。麻也子は、自分に見惚れながら夫に「あの男はどうしてこれほど貴く価値あるものを、長い間ひとりじめしてきたのであろうか。しかもひとりじめにしながら、あまり使おうとはしなかった。あの男によって、麻也子の命や情熱というものは、空しく浪費されてきたのではないか。」と考えるような身勝手さで、自分を被害者に仕立て、加害者として行動することを正当化していく。

さらに、そうして取った行動の責任を麻也子は一切負おうとしない。例えば、「もし今夜、夫がこのままセックスをしてくれたら、自分はもうこれ以上野村に近づかないようにしよう。」という手の賭けにより最終的な選択を他人の手に委ねることで、自分の行動の責任を他人に転嫁する。離婚も両家の親任せである。麻也子のそうした幼稚さは、女友だちから「バッカみたい。あなたって本当に欲張りだから呆れてしまうわ。まるで女子高生みたいなことを言っているのね」と嗤われ、父親から「お前はいい年して、まだそんな子どもみたいなことを言ってるのか」と苦笑いされ、通彦からは「狡い」「卑怯」と指摘されるが、彼女は聞く耳をもたない。野村に「女の子」と呼ばれ、通彦に少女のように扱ってもらうことに喜びを感じるように、麻也子は幼稚さを可愛がり庇ってもらうものとして捉えはしても、非難されるべきものとは考えず、糾弾されれば拒絶するのである。

このように、麻也子は自分がそうしたいと思うことを良識の許す程度に抑制できない上に、それを合理化することで節度のない行動を節度があるかのように装って繰り返す。語り口は醒めているが、麻也子の行動には妥当性などはじめからなく、物語は刺激的というよりも非常識に展開していく。

しかしである。この作品は発表されてほどなくテレビドラマ化され、映画化もされ、社会現象を巻き起こした。それはこの小説が決して荒唐無稽な物語ではなく、茶番でもないことの証明でもある。

「楽しいことなんかあんまりないんだもの。最初楽しくてもいつだってすぐにつまらなくなってしまう。いつもこんな繰り返しなの」

これは最後に麻也子がつぶやく台詞である。この屈託を読者は一蹴できるだろうか。あざとい女だと笑えるだろうか。次善のものを次善と自覚しながら甘んじて満足することに耐えられない者など、いくらでもいる。他人を小馬鹿にする麻也子を小馬鹿にする視点に立つことは容易いが、そうした視点に知らぬ間に立たされていることに気づくとき、読者はある種の恐怖を感じるのではないだろうか。

（弘前大学講師）

『みんなの秘密』――〈不道徳〉のススメ――内田裕太

……此れが洟の味なんだ。何だかむっとした生臭い匂を舐めるようで、淡い、塩辛い味が、舌の先に残るばかりだ。しかし、不思議に辛辣な、怪しからぬ程面白い事を、己は見付け出したものだ。人間の歓楽世界の裏面に、こんな秘密な、奇妙な楽園が潜んで居るんだ。……彼は口中に溜る唾液を、思い切って滾々と飲み下した。

（谷崎潤一郎「悪魔」、『中央公論』明治45・2、傍点は引用者）

「悪魔」の主人公佐伯が、女の鼻水のついたハンカチを舐めるという行為によって辿りついた〈奇妙な楽園〉の内実は、単なるフェティシズムの充足の域にとどまらず、本来他人の目に晒されることはない、女の内部に潜む〈秘密〉を自身だけが知りえているという特権性に少なからず担保されているように思われる。そしてそれは絶えず外的に他者の視線に晒されている女の容貌の美しさと、佐伯しか知り得ない、彼女の体内から分泌される鼻水の醜悪な形容とのコントラストにおいても強調されている。

第32回吉川英治文学賞を受賞した『みんなの秘密』（97・12）は、読者をしてまさしく「悪魔」の佐伯の位相へと導くことを企図して書かれたとも言うべき問題作である。作中人物たちは相互に何事も知らぬまま煩瑣な日常の中へ埋没していくのみであり、〈みんな〉の〈秘密〉を知っているのは、読者である私たちだけである。あたかもグラン・ギニョール劇場を覗くかつてのパリの民衆のように、本書の頁を繰りながら、私たちは好奇心と嫌悪感を両輪に、その巧みに練り上げられた物語世界を覗き見る快楽に、身を委ねることになるであろう。

藤田宜永は文庫版「解説」において、〈一話めで脇役だった男が、二話に移ると主人公となり、二話めで相手役だった女が、次の短編ではヒロインになる〉という〈リレー形式〉による本作の特徴的な叙述スタイルについて触れたのち、内容について〈人の心の底に澱のように溜まっている深部を描いている。普通の生活を送っていたら、滅多に起こらない事件が連なっているのだが、誰にも起こり得ない絵空事が描かれているわけではない。その危うさが怖い。読者が、他人事とすまそうとしても、もしかして自分にも、とつい引き込まれてしまう作品集〉であると述べているが、登場人物たちの〈秘密〉がグロテスクでスキャンダラスなものであればあるほど、それを知ることのできる私たちの特権性は必然的に高まり、それに付随する〈快楽〉の色合いもまた〈秘密〉の諸相に応じて彩りを変えてゆく。

「爪を塗る女」は、平凡な主婦である倉田涼子が偶然知り合った男と徐々に親密になる過程が〈マニキュア〉という、生身の身体を覆い隠す効果的なツールを用いて描かれる。〈手は涼子の体の水先案内人なのだ〉とあるように、ここでは男にとって彼女の肉体の全容は未だ〈秘密〉であり、彼女にとっては男との関係自体が〈秘密〉でもある。続く「悔いる男」では、涼子の夫である倉田紘一に視点人物が移り、彼がかつての恋人である博子に二度中絶をさせた過去と、なおも彼女に拘泥し、未練がましく電話をかけてしまう現在が明らかになる。末尾で〈女を捨てたことよりも、女を甘く思い出したことを、彼ははるかに深く後悔していた〉と語られるように、紘一の期待は、博子の冷淡な対応と、二度目の中絶は彼の子供ではなかったという、容赦のない言葉の前に裏切られる。逆に「花を枯らす」では、虚無的でありながら、妖艶な魅力を湛えた女性である博子の孤独が、〈呼吸をするたびに、胸が重く固いもので塞がれていくような気がする。これは不安というものだと博子が気づくのに時間はかからなかった〉と徐々にその男性遍歴とともに浮き彫りにされていく。

〈二ヵ月前に母が死んだ。その哀しさはやがて忙しさとか、日常のリズムによって癒されていくはずであった。ところが川原の中で、母親の死という事実は日増しに膨れ上がり、彼をもはや圧迫するほどのものになっているのだ。とにかく母が恋しい。せつないほど恋しいのである〉と綴られる、博子と街で出会い偶然一夜を共にした川原を視点人物に据えた「母の曲」は、本作の中でもとりわけ秀逸な一篇である。決して表面化することはない、亡くなった母への狂おしいほどの思慕と、自身の娘を性的な対象として捉えてしまうという背徳の〈秘密〉は、暗鬱なトーンに満ちている。「母の曲」に呼応するように、次の「赫い雨」では川原の娘である美雪の視点で、〈同じような年代の男に抱かれるようになってから、川原美雪はますます父親のことが嫌いになった〉と、川原への屈折した心理が明かされる。いつしか美雪の中では〈水谷と父とがイメージの中ですっかり入れ替わっていた〉とあるように、二篇を通して、父娘のインセストへの接近と隔絶が複雑な層をなして描かれる。

「従姉殺し」、「夜話す女」は美雪と関係している水谷修司とその妻である正子が視点人物となる。修司は社会的地位も高く、女性にも不自由しない順風満帆な生活を送っている。中学時代、彼は四歳年上の従姉である千代子に淡い恋心を抱いていたが、ある夜彼女にからかわれたことで激昂し〈自分がしなくてはいけないことは、この女をしめ殺しそして犯すことだと〉突如衝動に襲われ千代子の首を絞める。その後、修司は逃げ出してしまうが、翌朝〈千代子の死体が発見され〉、凍死ということで処理される。封印したはずの〈秘密〉の過去が呼び起こされ、真綿で首を絞められるように、少しずつ修司の日常を脅かしてゆく。一方、貞淑で品行方正な妻である正子は、向かいに越してきた主婦との心理的軋轢に精神が蝕まれ、無言電話による嫌がらせを行うようになる。

「祈り」は、正子の主婦友達である早川君代が、老母の介護のため都会を離れ帰省するが〈母親の死を祈っている自分〉に気づく話である。核家族化と介護のジレンマなどの問題を随所に挿入しているところに、林の現代社会への関心の高さが窺えよう。そうした同時代を見据える林の眼差しは、君代の娘である祐子を軸とした次の「小指」において拒食症や同性愛を、「夢の女」では正子の夫である光を通して、中年の肉体の衰えに伴う性的不能と、それに抗う男の悲哀を描く点にも端的に示されている。そして最後の二篇、「帰宅」と「二人の秘密」では、夫への愛情をより実感するために男と密通を繰り返す真家百合子と、病院長であるために、百合子の不倫相手の男から写真をもとに脅迫され、完全犯罪とも言うべき方法で男の殺害を思い立ち、その〈秘密〉を妻と共有したいと願う、夫である常雄の奇妙な夫婦の交感が描かれる。

駆け足で各話を概観してみたが、十二人の〈秘密〉はそれぞれ彼ら固有の心性に根差したものであり、一括りにしてその特性を単純に指摘できるものではない。だが敢えて述べるならば、後年、林の作品の中でも特に〈秘密〉をテーマにしたアンソロジー『秘密』（08・6）が編まれるが（本作からは「二人の秘密」が収載）、そのあとがきの中で作者は〈どれほど円満に見える夫婦・恋人同士でも、お互いに秘密をもっていないわけではないのだ〉と述べている箇所は殊更興味深く思われる。〈秘密〉は忌避すべきものではなく、むしろささやかな〈日常〉を守るための強力な武器としての意味合いを付与されているということであろうか。

「背徳などはない」と「眼球譚」で言い放ったバタイユを俟つまでもなく、〈不道徳〉は〈道徳〉によって支えられており、〈道徳〉のないところに〈不道徳〉もまた存することはできない。本作の十二人の主人公たちは、皆それぞれに魂の孤独を抱えており、ふとしたはずみでバラバラに壊れていきそうな危うい均衡の中でかろうじて正気を保っている。その中にあって、〈不道徳〉な行為は、より強く〈道徳〉の楔を想起させ、彼らと彼らを取り巻く世界とを結ぶ紐帯としての機能を果たしているのだろう。

（明治大学大学院生）

『葡萄物語』――常思佳

『葡萄物語』は「家の光」（96・1〜97・12）に連載された後、一九九八年四月に角川書店から単行本として刊行された。三十代の平凡な家庭主婦・映子を主人公に据え、不妊と不倫の絡み合いを描いた小説である。

映子は生れ育った町でワイン工場と葡萄園を経営する夫・洋一と結婚して六年になるが、二人の間には子供がまだできず、二人の心は少しずつすれ違っていく。さらに、映子の同級生で洋一の昔の恋人・美知子が、離婚して子供を連れて東京から実家に戻ったことで、二人の関係はよりぎくしゃくする。映子は姑のすすめなどもあり、上京して病院で不妊の検査を受ける。結果、映子には原因がないことがわかるが、夫に知らせることをためらう。やがて映子は洋一が美知子と不倫しているのを知ってしまうのだが、その時、映子も町で知り合った渡辺という男性に思慕を伝えられる。

美知子は高校時代から、映子とは恋愛や結婚について全く違う価値観を持っていた。美知子は相手を好きでもないくせに、たえず男の子を近くに置き、焦れた熱い視線を感じるのが好きだった。映子はそんな美知子を、当時、何人かの少女たちと責めたことがあったのだが、洋一との不倫という事実を知り、改めて美知子のそのような部分を目の当たりにする。東京の金持ちの家に嫁いだ美知子にとって、田舎の男である夫との不倫は、退屈しのぎにすぎず、彼女はまた別の男の子供を身ごもっている。友達の夫を借りて自分を慰め、離婚による心の痛みを癒したうえで、友達に返すという美知子の行動に、映子は深く傷ついたに違いないだろう。それは、好きな彼をめぐる女子高校生の間に生まれた単純な嫉妬などではなく、映子にとっては、母になった高校時代の友人によって、まだ母になれない惨めな自分を晒されてしまったことを意味する。

まじめな映子が母親になるためには、夫・洋一との間に子供をもうけるしかないが、夫が二人の息子の母親でありながら、別の男の子供を宿している美知子に奪われてしまった。自分の友達と自分の夫に裏切られた悲しみは、妻としての映子を絶望させ、美知子への恨みとなる。夫が原因の不妊を背負ってきた映子は、本気ではないのにもかかわらず、夫と関係した美知子を許せない。「私も映子ちゃんを許してあげるからさ。映子ちゃんだって私を許してくれるでしょう。だってさ、私たちずっと長い友じゃないの」と、夫との不倫を何でもないことのように、また映子と仲直りしようとする。洋一の不倫が契機となり、美知子との高校時代からの対称関係が揺ぎ、さらに美知子の妊娠によって、母になれる／母になれないという図式ができ、対称関係が崩れる。それは、映子と洋一との関係にもかかわっている。

洋一は農家の長男として工場を継ぐが、お見合い結婚をした映子との間に後継ぎが生まれない。彼にとって子供は、夫婦二人の問題というだけではなく、家業の存続に関わる問題なのである。妻の不妊を疑う無口な夫は、彼の代弁者である姑を通じて映子を不妊治療に行かせる。そんな彼にとって美知子との再会は、久しぶりの初恋を味わうと同時に、後継ぎ問題の重圧から解放してくれるものだった。彼は子供ができない映子と違い、二人の息子を持ち、さらに三人目の子供を身ごもっている美知子を、理想的な妻だと思っている。さらに、身ごもっている最初は自分の子供だと期待していた。そんな夫の気持ちを、映子は理解できずに傷つく。美知子の妊娠によって、夫が、子供ができる元彼女と子供ができない妻を比較していると感じるのだ。

映子にとって洋一は高校時代からの初恋の相手であり、お見合い結婚までは順調だったが、子供ができず、いつの間にか夫婦生活の雲行きがあやしくなる。美知子のことで夫と口げんかをしたりするようになり、二人の心はさらに離れ、不妊を自分の過ちだと責めるようになる。映子にとって、子供が出来ず、母になれないということは、言うまでもなく残酷な事実に違いないが、彼女は、家業を継ぐ夫にはもっと耐えられないだろうと思い、不妊の事実を一人で背負い、夫にはその事実を告げない。自分の不妊を認めることで、夫の優しさを期待する映子だが、身ごもっているのが自分の子供ではないにもかかわらず、美知子を大事にする夫の姿を見てしまう。子供を産めないつらさに加えて、夫に裏切られたことで、映子は人生が行き詰まっていると絶望する。

そんななか、映子は自分が三十過ぎの人妻で、何の魅力もないと思いながらも、東京から葡萄づくりの町に来たインテリの渡辺に暖かさを感じ惹かれる。特に、一人で上京し、検査の結果、洋一の不妊を告げられた時、渡辺が夫に冷遇された田舎の主婦である自分を輝く女として接したことに慰められる。いままで夫を中心としていた映子の結婚生活に、渡辺が入る。東京に行ったことが、映子に別の生き方を夢見させたのだ。洋一のいる家にも実家にも帰りたくない映子にとって、自分を不幸から救い、新しい〈生〉を与えてくれるのは、渡辺の暖かさと彼への憧れであったが、映子がいままでの自分と別れ、新しい人生を踏み出すと決意したのは、渡辺との死別が契機であった。彼がまもなくこの世からなくなることを知った映子は、最後に彼と幸せな一日を過ごす。渡辺の死後、一人で東京に暮らしていた映子は、渡辺の姉から意味深長な話を聞かされる。

「映子さんに手渡したものがあるから、それを大切にして欲しいって」

「私に、くれたもの!」

まるで憶えがない。

「そうなんです。最後に会った時に渡したって言ってるんですけれどもね」

渡辺が渡したものとは何だろうか。映子は「もしかすると、それは……」と、悟った。「生きるということだったのだろうか、生きて幸せになる力ということだったのだろうか」。彼がくれたのは、授かった新しい生きる希望である。これから子供を伴って幸せになって生きることである。二人の情事の前にベッドに置かれていたテディベアも、彼が映子に残したものを暗示している。テディベアはウエディングベアーとして使われ、結婚式場では新郎新婦の代わりに置かれる。ベア（BEAR）は熊を意味するが、この英語には、産む（子宝に恵まれるように）という意味と、耐えるという意味もある。これから苦難があっても耐えて乗り越えて、母性愛が強い熊のように良い母親になるようにという象徴＝テディベアが、ベッドの枕元にちょこんと座っている。渡辺がベッドカバーをはがして、二人が交わる。この後、映子は、「テディベアがいつのまにか床に落ちていた」ことに気がつく。それは、渡辺がもうじき消えていく自身の〈生〉＝〈性／精〉を映子の肉体へ吹き込み、映子に新しい生きる希望を与えたことを暗示しているのではないかと考えられる。渡辺が映子にくれたのは、母親として歩んでいく新しい人生である。このことに気がついた映子は、自身が原因で子供ができなかったという事実を知り、人工授精を考えはじめた夫を許し、二人で一緒に家に帰って新しい生活を送る。この葡萄づくりの町でなくては幸せになれないと思う映子は、葡萄が成熟する季節に、子供がこの世に来ると信じて待っている。

この作品は、都市の女性に着目したバブル時代の三部作と異なり生まれ育った町で結婚し妊娠・出産を望む三十代の女性が、夫の不妊と不倫を乗り越え、人生を切り替えて新しい生活を獲得する〈生〉の物語である

（北海道大学大学院生）

『ロストワールド』――〈声〉は生きているか――永栄啓伸

シナリオライターの沢野瑞枝は、十歳の娘日花里と二人暮らしである。若いプロジューサー奥脇文香からドラマの仕事が舞い込む。〈十年前のバブルの時代〉を書くよう依頼される。瑞枝にとって、華やかに生き〈バブルの寵児と呼ばれた男性と愛し合った〉時代であった。結婚したその男は、資産数百億といわれた伝説の人物であり、不動産から始め、ついには東京ベイサイドに巨大なディスコを作り、ゴルフ場やアミューズメントビルを手がけた〈カフェ・バーの生みの親〉、青年事業家郡司雄一郎であった。しかし八年前に離婚した。この作品は、失われた栄光の時代をドラマ化することによって、現在からの視点で過去を見直すという構成になっている。

バブル期の東京をよく知る友人、建築家の高林に会ってみる。ワインブーム、空前の絵画ブーム、高級なドレスがクローゼットに並んだ華やかな時代を回顧する。郡司がヨーロッパへ連れていってくれたとき、飛行機はファーストクラス。ローマ最高のホテル、ハスラーでの宿泊。グッチ、バレンテイノ、フェラガモ、アルマーニ、ベルサーチといったブランド品の買物。しかし高級娼婦のような谷沢祥子と夫の不倫を知ることにもなった。

ドラマは放映されると低調であった。視聴率を考え、文香はライターの交替を匂わせながら、主人公の殺害などサスペンス風に書き改めさせる。そのころ若い出演者の元アイドル久瀬から電話や食事の誘いがある。日花里が目を輝かせる。父親ゆずりの長い睫毛の表情豊かなふるまいに女性らしさを感じる。それは自分の年齢を照り返すものだった。付き合いはじめた高林は〈まだ僕たちが充分に若い〉と手紙に書くが、瑞枝は〈自分が確実に老いに向かって進んで行くこと〉を身体だけでなく〈精神のあり方〉に感じ取る。〈諦め〉ではないが〈もう自分のこれから先の人生を読むことが出来る〉三十八歳という年齢に差しかかっていることが実感できるのだ。

高林との不倫、そして若い元アイドル久瀬とも関係をもつ瑞枝の微妙な心理の揺れを描くところは作者の真骨頂と言える。瑞枝はつい〈功利主義〉になり、損得を考えるが、同時に虚栄に生きる自分を批判的に見る視点も持ち合わせている。その点で、作者の描く女性像が、男性にとって〈都合のいい、理想的な好ましい女性〉ではなく〈男性たちのコントロールを逸脱した、彼らにとっての〈他者〉としての女性の姿〉（菅聡子『白蓮れんれん』解説・集英社文庫、05・9）であるという指摘もあるが、その内実は女性として、ぎりぎりの境界線上で悩む姿を描いていると言ってよい。

サスペンス調に変えた作戦が奏功したのか、視聴率は上がった。京都を舞台に使いたいと瑞枝はひとりで上洛し、郡司らとのバブル時代の嵐山の料亭、芸妓や舞妓を伴った豪華な舟遊びを思い出して、高林に案内を請う。彼は瑞枝の過去との接し方に違和感をおぼえ、執着のようなものを感じると言う。未来に向かわなければならないと接近してくる。作品は、過去の時間に人はどう立ち向かえばいいのか考えさせる。真摯に、あるいは、したたかに？　たとえば、京都の伝統やプライドはお金の力で容易に跳び越えたと思っていたが、成り上がり者と昔の客を、器や座敷ではっきり区別するしたたかさを備えていた。瑞枝はメールで〈妻子ある人との恋愛に未来はありません。その先にあるのは悔恨と悲しい別れだけ〉だと返事をする。しかし高林が上京すると、深入りする気はなく〈自分は拒否するつもりであるが、高林に求愛をされてみたい〉とあざとい心理も見せる。男女が好意を持ったまま泥沼化しない関係を望む。不倫の場合、男は情事も家庭を同時に楽しむが、女は損をするばかりだと思う。頭では悩み、自分に言い訳しながら、二人は肉体関係へと進んでいく。

視聴率は十五%を越えた。高林からメールがくる。『されどわれらが日々――』にある堀口大学の詩〈風のなかで声は死にゆく〉を引用して、〈確かに人の記憶の中で、音というのは消滅しているのかもしれませんね。僕はあなたの着ていた洋服の色や、髪型、そして笑い顔まではっきり思い出すことが出来るのに、やはり声を甦らすことができません〉〈僕たちの生きたあの時代というのも、次から次へとフィルムのようにいくらでも浮かんでくるのに、やはり無声映画の世界です〉と、過去は現象〈事実〉として思い出すが〈声〉という肉感は失われていると言う。しかし瑞枝は〈思いをこらしてさまざまな声を再現しようとした。するとたやすく出来た〉。幼い娘の声、夫の声も高林の声もする。〈セックスをするということは、共通の秘めやかな記憶を持つことで、その中で声は大きな要素となる〉と男女間の差異を表明する。ここには男女による過去に対する接し方の相違がある。事象として記憶する男性に対し、女性はきわめて身体的、肉感的な記憶として認識されるのであろう。それは次のような現実についての言説にも関わるだろうか。〈まだ充分美しいとはっきり思う。男に愛されることも、男と寝ることも許される女の姿かたちをしている〉と瑞枝は思うが、それは衰える若さと美貌に慄きつつ、なおまだ男に愛される美貌と肉体を持っているという矜持が、懸命に彼女を支えていることを感じさせる。

さて、ドラマでは男性は死に、絶頂期に建てたビルも銀行も取り壊される。〈私たちの青春とこの国の輝きがぴったり合った時代があったのよ〉という台詞は重い。その時代の人々に共感される感慨であろう。形あるものは崩壊し、思い出だけが残る。しかし瑞枝は若い久瀬から求愛をうけ求婚される。ドラマが終わると同時に、不倫相手の高林から電話があり、別れた郡司からも電話がくる。みんなあの時代を共有しようとするかのように、一夜のうちに〈人生の中での主要人物たちが〉〈出揃ったのだ〉。

文香が〈人を愛するという感情〉と〈人間が幸福になる手段〉は別ではないかと言い、〈今さらすごいリスクを負ってまで、不倫をしてみようなんて思わなくなりました〉と、あっけらかんに言う言葉は、瑞枝のこころに響く。高林との不倫に〈何の未来もないと考える自分を、何という功利主義者だろうかと恥じていた〉からである。しかしドラマも成功裡に終わり、来年の仕事も入っている。バブルの時代を〈若いうちにたくさんのものを失ったんで、それが傷になっていないのよ〉と、うまく表現できないが〈まだ健康な傷つきやすい心〉、つまり愛する心を持っていることが彼女を前向きにさせる。

その日、元夫の郡司と会った。平凡だが再婚して子供もいる。そのことが瑞枝の心を乱す。高林との不倫が話題に出たとき、まるで郡司の凡庸な幸せに対抗するかのようにすかさず否定する。〈否定する大きな力は、新たな別の力を揺り動かして〉思わず、自分はもうすぐ結婚すると口走る。虚栄という〈自覚もしなかった決意〉が言わせたのだ。〈私たち充分に若いわよねえ。ピカピカに若いわよねえ、もう一度やれるわよね〉、それは若さの限界線上にとどまろうとする必死の声である。瑞枝だけがもがいているように見える。

彼らは失われたビルの跡地に目を向ける。〈喪失の跡ではなく、再生の証が浮かび上がるのを見るためだ〉。〈そこにはただ闇があるだけ〉だが〈これほど心を込めて見つめるものが幻であるはずがなかった〉と物語は閉じられる。喪失から再生へという、お決まりの構図が見えるが、実体のない、空虚な、悲しみに似たこの旋律はどこから齎されるのだろう。彼らに残されたのは、絶頂期に建てたビルの跡地の駐車場しか、ない。ビルは建っている時は大きいが敷地にもどると驚くほど狭い。バブルを象徴するようである。では『ロストワールド』で失われたものは何だったのか。莫大な財産に支えられた名声や権力や贅沢な生活とその急激な崩壊――。そのなかで真に彼らが失ったのは、あらゆる選択肢をもつことを許す〈若さ〉に他ならなかった。

（近代文学研究者）

「花探し」――林真理子が描く愛人の悲哀――春日川諭子

『主に泣いてます』（東村アキコ、講談社、10）の主人公は、紺野泉と言う女性だ。彼女はとにかく美しすぎるため、仕事の面接に行けば面接官にホレられて交際を迫られてしまう。辛うじて就職しても、職場の男性は総じて彼女にホレてしまっていさかいが起き、女性からはその美へのやっかみやいじめが耐えないために、すぐ退職せざるを得なくなってしまう。画家・美大教授で愛人の青山仁が開く画塾でモデルをしているが、画塾の講師に来た仁の教え子らや画塾の生徒とも恋愛沙汰が起きるため、画塾は全く繁盛していない。タニマチである女子中学生、緑川つねに生活の面倒を見てもらう泉は、〈お手当を貰っていない愛人〉〈貧乏愛人〉である。『主に泣いてます』は、泉を中心とするコメディなのだが、「花探し」に登場する村西舞衣子は、同じ愛人渡世をしていても泉とはだいぶ違う。

林真理子の作品に登場する女性の多くは、裕福な専業主婦かキャリアウーマン（またはクリエイター系）であり、出自としては都会育ちのお嬢さんか、地方からの上京組という場合が多い。そして、これらの設定を絡み合わせた登場人物を通しての女性の生き方を描く。だが、舞衣子は職業愛人であり、そういったパターンとは少し違うところにいる。中沢けいは本作を評して、〈舞衣子という人物を、自分の境遇を見る目がない女と見るか、それとも自信の塊と見るかで、この小説のおもしろみは変わってくるだろう〉（「未熟な裏の社交界描く」『書評 時評 本の話』、河出書房新社、11)としている。

売れないモデルの舞衣子は、不動産業を営む神谷に見染められて愛人となったが、神谷の商売が斜陽になると、料亭経営者の大沢に譲渡された。だが数年経つと、大沢には別の愛人ができてしまった。大沢とすぐに切れる気はないものの、次の金づるを求めて、舞衣子は男漁りに励むのである。

舞衣子は、〈もちろん売春婦ではないのだから、自分の肉体が貨幣に換算されるものとは思っていない。が、しかるべき報酬を貰うのは当然だと思っている〉と言う考えなので、大沢の次にと見定めた弁護士の浜田がプレゼントをくれないことや、情事の際にラブホテルを利用したことに対して〈かなり甘く見られたんじゃないかしら〉と怒りを覚える。浜田が、舞衣子の自宅を訪問したいと言ったことが、舞衣子にはホテル代をケチったように感じられ、仲はフェイドアウトしてしまう。次に狙いを定めた、名家の子息の牟田にはSM行為をされてしまう。彼の資産に甘んじて舞衣子は我慢していたが、睡眠薬を飲まされて牟田の友人とセックスするように仕組まれては、さすがに別れを決めた。その後知り合った作家の綿貫は情熱家で、大沢と完全に切れることを舞衣子に求め、駆け落ちしようと言った。だが綿貫も、舞衣子の意に添うように金を遣ってくれるわけでもなく、鞄ひとつの駆け落ちなどというものも、舞衣子は貧乏臭く思ってしまう。そして、舞衣子は売春パーティーで知り合った、大沢の娘のサトコを綿貫に紹介し、彼女をあてがって綿貫の元を去った。

浜田はやや吝嗇かもしれないが、それは堅実というものかもしれず、彼はやり手の弁護士として知られている。牟田も一流企業の重役で、京都旅行に舞衣子とその友人を誘い、その費用を持つなど太っ腹な面がある。(しかしそれも、舞衣子に言わせれば〈あたり前の話〉だということになるのだが。)牟田が睡眠薬を盛った件についても、舞衣子は牟田から宝石を貰ったことで、躊躇から一転して事件となった秘密のパーティーへ出席することにしたのだった。綿貫も、舞衣子に五百本のバラを贈るというキザな部分はあるとしても、大沢と別れろと求めるのは至極当然である。だが舞衣子は、五百本のバラを〈冗談じゃないわ〉〈迷惑〉と感じ、バラの総額は三十五万円とソロバンを弾いて、自分に捧げられる金額としては〈あまりに安価〉だとしている。牟田との一件で、舞衣子は手切れ金の三百万円を手にする。その他に貰った宝石の二百二十万円と合わせて、牟田とのセックスは一回あたり六十五万円だと計算し、〈男の気持ちがこうしたはっきりとした数字になるのはとてもいいことだ〉としている。自分がいくらの金額で購われたのかを最重要視する、舞衣子の感覚がよく現れている部分だ。

泉は、ストーカー対策でしょっちゅう引っ越しをしているため家財は少ない。喫茶店代も払えずにつねに奢ってもらっており、米に至ってはつねが実家の料亭から盗んできたものを貰って食べている。そして、仁が旅先から送ってきた葉書を大事にしている。つねに捨てられたそれを拾うために、春の隅田川に桜橋からダイブしてしまうほどだ。

一見すると、泉は舞衣子とは真逆の女のように思える。しかし、中沢の〈自分の境遇を見る目がない女と見るか、それとも自信の塊と見るか〉と言う視点から考えると、二人共〈自分の境遇を見る目がない〉のは言うまでもない。舞衣子は、付き合う男の誰一人とも幸福になれない。神谷は既にガンで死去し、浜田、牟田、綿貫とも長続きせず、大沢との関係も、保険としてキープしているようなものだ。そして、妻子がある仁に一途な思いを抱きながら、一向にそれが成就する気配がないだけでなく、「美しすぎる」と言う理由で職にも就けずにコーヒー代や米に事欠き、男関係のいざこざで周囲を混乱に巻き込み続ける泉。

〈自信の塊〉という点についても、舞衣子は〈相手の男から請われて〉愛人をしていると考えている。舞衣子の言う愛とは〈自然発生するものではない〉だけではなく、〈男がしかるべきことを為し終えた後に、褒賞として与えるもの〉か、〈あちらのたっぷりの愛情と交換に、やや少なめの量を手渡す〉ものなのだ。だから、〈しかるべきことを為し終え〉られず、〈たっぷりの愛情〉を注いでくれたと感じられなかった浜田、牟田、綿貫を見限ったのだ。泉のすべての根拠となる〈自信〉は、仁に愛されているということだ。泉は、どんなに貧乏でトラブル続きでも、旅先から仁が送ってくる絵葉書や土産、そして、自分が仁の創作のミューズであるということを生きる依り代にしている。ただの美人を主人公にするだけでは読者の共感は得づらいが、どちらも美人ゆえの不幸・不遇・因果を強調することで、愛人という稼業をフィクションに落としこんでいるということが言える。

舞衣子は現在二十九歳で、けして若いとはいえない。しかし、〈野暮ったい田舎娘〉だった二十一歳で神谷に囲われ、〈作品〉として磨き上げられて大沢に受け渡された。生まれ持った美貌の他にも、神谷・大沢の寵愛の結果と舞衣子自身の美への努力、男に対して非常に策士であることが舞衣子の最大の武器だとしても、年齢を重ねていくことと、それに伴う容色の衰えは止めることが出来ない。若さだけが武器になり得る年代は過ぎ去ろうとしている。「花探し」は、舞衣子が大沢の次の男を探すための物語なのだが、結局見つからないままに、冒頭の〈次の男は自分で決める〉と言う決意が終盤でも繰り返されて終わるところを見ても、これからの舞衣子の行く末に、読者は一抹の不安を覚えてしまうことだろう。虚飾と豪奢と欲望に満ちた世界での愛人・舞衣子を描いている「花探し」だが、林真理子は〈長いこと「地方出身の女の子の悲哀」というものをテーマにしてきた〉（『はじめての文学　林真理子』07、文藝春秋）。だから舞衣子にも、華麗な男遍歴とその決意に対して、切なさと悲哀を含ませたラストを用意したのだろう。

（現代文学研究者）

野心と原風景の「東京」——「一年ののち」と映画「東京マリーゴールド」——

塩戸蝶子

林真理子の著作の中で映画化されているものは、実は少ない。『不機嫌な果実』(96)と、この「一年ののち」(「東京マリーゴールド」原作)の二作である。『葡萄が目にしみる』(84)や『anego』(03)、『ウーマンズ・アイランド』(06)、『下流の宴』(10)などがTVドラマ化されているため、映像化作品が少ないということではないが、映画化作品は少ないということを指摘しておきたい。またこの作品は、五人の作家によるアンソロジー『東京小説』(00、紀伊國屋書店)に発表されたあと、自選の『はじめての文学 林真理子』(07、文藝春秋)や、テーマ別選集の『東京 Hayashi Mariko Collection』(08、ポプラ文庫)など複数に収められている。

「東京マリーゴールド」(01)監督・脚本の市川準と原作者の林は、どちらもタイトルに「東京(トーキョー)」及び東京の場所・地名を冠した作品を複数発表している。東京出身の市川が、「東京兄弟」(95)、「トキワ荘の青春」(96)、「ざわざわ下北沢」(00)などで、日々の出来事や青春模様の背景として「東京」を描くのに対し、山梨出身の林は、自身が東京で奮闘した体験を踏まえ、「トーキョー国盗り物語」(92)や「東京デザート物語」(96)などで、女の子たちのバトルフィールドとして「東京」を描いた。林は、東京のイメージを〈地方から上京してきて、野心を持って頑張る女の子のイメージ〉と語り、市川は〈原風景〉だとしているところにも違いが見られる(「キネマ旬報」01・5・15)。

ＯＬのエリコが、サラリーマンのタムラと合コンで出会い、恋をするが、タムラには留学中の彼女、マユミがいた。それでも、マユミが帰ってくるまでという期限つきで、エリコはタムラと交際するという物語なのだが、エリコとタムラの人物設定が、原作と映画では異なっている。

「一年ののち」のエリコは栃木県出身で、デザイナーを目指して東京の服飾系短大に進学するも挫折し、アパレル会社で在庫管理をしている。タムラは神奈川県出身の杉並区育ちで、駒場東邦高校を経て慶応大学を卒業し商社に勤めている。デザイナーに挫折し、それでも服飾の仕事を諦めきれずに在庫管理をしているエリコに比べ、タムラの学歴や人生は他人任せではありながら、順風満帆なものとして描かれている。それは〈中学から親が駒場東邦に入れた〉〈何となく商社に就職した〉と、タムラ自身によって語られている。エリコ自身の挫折や妥協の体験と引き比べることによって際立つタムラの危機感のなさや安穏具合からも、林が繰り返し描く、地方と東京の温度差を読み取ることが出来る。

「東京マリーゴールド」においては「タムラ＝東京／エリコ＝地方」という対比は描写されない。エリコは地方出身ではなく、タムラも東京出身だと限定できない描き方がされているからだ。映画のエリコは、吉祥寺の一戸建てで彫刻家の母と暮らし、輸入車の販売店に勤めている。タムラの出身地や学歴は、映画では明かされず、職業もＩＴ企業の会社員という設定である。映画においては、タムラの過去が明らかにならないことを差し引いても、挫折を知る者／順調に生きてきた者と言う比較はされない。二人の関係はフラットなのだ。映画冒頭でエリコが彼氏にふられる描写はあるものの、それはタムラと出会うことで尾を引く問題ではなくなるので挫折体験と呼ぶのは難しい。映画では、原作に色濃く現れる「都会／地方」、言い換えれば「順調に生きてきた東京出身者／挫折を知る地方出身者」と言う対立によって際立つ、エリコとタムラの隔たりが無くなっている。このフラット化によって、原作では、学歴やエリートと言うタムラのブランドに、叶わぬ結婚を夢見る女性として描かれていたエリコが、映画では、純粋にタムラに恋をするまっすぐな女性になっている。林も、市川との対談で〈私の描いた主人公にあったしたたかな上昇志向がなくて、合コンで出会った田村になんとなく惹かれていくピュアさが彼女（筆者注：主演の田中麗奈）の個性に合ってました〉（「キネマ旬報」前掲）と発言している。

マユミというのはタムラがかつてふられた女性であって、留学中の彼女などではない。原作では、別れの日が近づき、エリコの心が激しく揺れ動いているときに、クラブで偶然出会ったタムラの友人により、マユミはタムラの彼女ではないことが暴露される。タムラに嘘をつき続けられていたことにエリコは怒りを感じるよりも、タムラを〈みじめ〉だと思ってしまう。エリートにかなわぬ恋をする自分自身だけではなく〈彼もまたみじめだったのだと今、やっとエリコにはわか〉ったのだ。（傍点筆者）〈みじめな者同士では本当の恋は出来ない〉と、タムラへの思いは急速に冷めるのだが、エリコは何も知らないふりをして、その日までを過ごすことに決める。そして、そのクラブで声をかけてきた〈襟元に一流の自動車会社のバッジ〉のついた男の誘いに乗る。ひとつの恋の終りが見えてすぐに別の男を品定めすること、タムラでなくても男はたくさんいると割り切ることに対して〈そんなことを考える自分がとても悲しいとエリコは思った〉という最後の一文は、〈野心〉や〈上昇志向〉と背中合わせにある、女性の悲哀を表しているといえる。

映画のエリコは、この期間限定恋愛を、同棲状態だったタムラの家を出るという具体的な行為でけじめをつける。実家の花壇のマリーゴールドを見て叔父がつぶやいた〈「一年こっきりで実を結んで枯れるなんて、なんと なく儚い花だね」〉という言葉や、タムラに出会う前に、先輩に頼まれて端役で出演したCMが完成したことも契機となる。当然、そこに至るまでの逡巡はあり、タムラに断ちがたい思いをぶつけ、涙を見せながらマユミと別れるように迫ったり、渋谷駅の雑踏でケンカをしてしまうシーンもある。だがそれでも、エリコは荷物をまとめて部屋を出て、恋を精算する。エリコが去った部屋でタムラは、エリコの置手紙を読む。手紙は、一年間の交際の詫びと感謝、そして、マユミとの幸せを願う言葉で結ばれていた。そしてタムラは涙する。

映画においてマユミの存在が明らかになるのは、ラストでエリコが乗ったバスの車内でだ。マユミとその夫、その友人までもと乗り合わせてしまい、彼らの会話の中からエリコは、マユミが二年前にアメリカで結婚していたことや、タムラがマユミに一方的に恋慕していたことを知る。このとき映画の観客は、あの時のタムラの涙がエリコを失ったことだけではないと気付かされる。エリコを騙していた自分、マユミへの思いを断ち切れない自分へも涙を流していたのだ。このタムラの涙という部分は、映画だけの脚色である。

林作品に特徴的な「都会／地方」「挫折／成功」、を取っ払い、〈野心〉〈上昇志向〉を、「ひたむき」「まっすぐ」に変容させてしまったのが「東京マリーゴールド」である。原作と映画のエリコ、タムラはそれぞれキャラクターが異なるが、ふられた女への未練や嘘をつくこと、嘘をつき続けて不実なまま恋をすること、相手が自分を好いてくれれば好いてくれるほど感じる罪悪感、終わりが来ても恋を諦めきれない辛さ、それでも別れなければならない事情、相手の嘘を嘘と暴かないこと、、一つの恋が終わること、新たな恋を探すこと……といったような恋愛における「哀しさ」はどの人物にも共通している。原作にあった「都会／地方」と「挫折／成功」、そして〈野心〉を、市川は払い落とし、または言い換え、原作に通ずる「哀しさ」を映画でも強調した。そして、「一年ののち」は「東京マリーゴールド」という切ない都会のラブストーリーになったのである。

（歌　人）

「ミスキャスト」――〈純な心〉の戦慄――

藤枝史江

「ミスキャスト」は二〇〇〇年一月一五日から八月一九日の「週刊現代」（22日号～26日号）に発表され、その後二〇〇〇年一一月一五日に講談社から刊行された小説である。原岡俊明という一度離婚歴のある商社勤務のサラリーマンが、二度目の妻の典子への浮気疑惑を大義名分として、派遣社員の遠山祐希や前妻の姪である谷口美佳子と肉体関係を重ねていく。原岡という男は、端的に言えば〈世間〉を気にする、三十八歳の普通の男である。一度離婚を経験した普通の男が、男の論理で女たちと肉体関係を結ぶ。不倫であることを当然意識して現在の妻、典子を視野に入れながら、〈世間〉に許される範囲で男の性を楽しむことを望む。それでいて、〈人妻の恋など絶対に許されるべきではない〉と思っている。原岡は古今を問わず存在し続ける、一般的な男なのだ。

作品中で原岡と関係を持った女性たちは、前妻の多恵子、現在の妻典子、愛人の祐希や美佳子、この他独身時代の遊び相手である〈何人かの女たち〉まで、容姿に恵まれた〈美人〉ばかりである。この一連の女たちの中で、最も原岡を夢中にさせ、〈本当の恋愛を味わわせてくれた〉と原岡に言わしめた愛人の美佳子こそ、タイトルの「ミスキャスト」が指し示す、原岡の思惑を逸脱した人物にほかならない。すなわちこの作品は、美佳子という〈ミスキャスト〉を愛人にキャスティングした、普通の男の悲劇を描いていると捉えられるのだ。

二回結婚しようと三回結婚しようと、他の女に興味を示さない男がこの世にいるものだろうか。それなのに世間は原岡が禁欲的な生活をおくるのを当然だと思っている。珍しいラブストーリーの持ち主は、それに殉《じゅん》じなくてはいけないとばかりにだ。

原岡は自身を〈堅気のサラリーマン〉だと自覚する。確かに、昨今〈離婚というものはもはや珍しくない〉ため、原岡の周囲には離婚歴がある男は多い。しかし、〈堅気のサラリーマン〉はこのことを鵜呑みにして〈世間〉を見誤ってはいけないのだ。〈一回目の失敗に関して、世間は寛大である。けれども二回目になるとそうはいかない。失敗から何も学ばなかった人間ということになってしまう〉ということを、原岡は〈大人の常識〉として弁えている。だからこそ、〈禁欲的な生活をおくるのを当然だと思っている〉〈世間〉に従い、〈今までだったら何の気なしに発していた卑猥な冗談や、口説きともいえないような軽い誘いをすることをはばかるようになった〉。さらには妻の典子への愛情とは無関係に、〈完璧に幸福な夫〉と見えることに意識的で、〈人々の噂となるような隙をつく〉らないという〈面子〉を自身に課している。

その原岡が再婚後に初めて不倫をしたのが、派遣社員の祐希である。〈浅黒い肌とすらりとした体型〉をした〈東南アジアの女〉のような容姿の祐希は、原岡のタイプでは全くない。原岡の好みは〈癖《くせ》のない美人〉である。〈白くきれいな肌、大きな目、形のいい唇という、わかりやすい品のよい美人〉を原岡は好む。しかし、原岡の好みではないということが、かえって〈セックスを楽しもうという伸びやかな精神〉を原岡にもたらした。

――オレはまだいける――

これは確かに勝利感だ。誰に向かって？　典子の顔が浮かぶ。妻に何ら罪悪感も持たず、他の女の深く温かい穴の中にずぶずぶと沈んでいく。この快感は間違いなく、勝利の歓《よろこ》びなのである。

この〈勝利感〉に原岡が酔いしれることができるのは、祐希が〈大人の女〉だからである。祐希は原岡との不倫関係について〈職場でもちらりとも素振りを見せ〉ず、〈口の固さ〉も持ち合わせている。原岡は〈若い女にしては、非常に珍しい美徳である〉と祐希を讃えるが、無論これは原岡への愛情からではない。「私みたいな女とつき合うといいですよ」と祐希は言う。ゆくゆくは結婚するつもりの婚約者がいて、結婚後は夫以外の男と関係を持つつもりは祐希にはない。その代わりに今だけ性の快楽を謳歌したい祐希は、原岡にとって不倫相手に相応しい〈大人の女〉である。後に、原岡との不倫が婚約者の知るところとなって結婚が延期になっても、祐希は原岡に〈責任〉を迫らなかった。恋愛の〈責任〉を男に負わせない点でも、祐希は〈大人の女〉だと位置づけられる。

専業主婦であった原岡の前妻、多恵子も、結局離婚を決意する現在の妻、典子も、各々に〈大人の女〉としての〈責任〉を負っている。前妻の多恵子は原岡を〈女好きのあなた〉と言う。離婚後、相応の慰謝料を受け取って、娘を引き取り、娘と原岡の面会を許し、孫娘を可愛がる原岡の母とも付き合う。多恵子なりに、〈大人の女〉として原岡という男を愛した〈責任〉を取っている。同様に、妻の座を勝ち得た典子にも〈私みたいに奥さんと子どもがいた人と結婚して、世間から略奪婚なんて言われると、どうしても別れられない〉と、原岡の不倫に絶望しつつも〈大人の女〉としての〈思案〉があった。しかし、美佳子にはこの〈大人の女〉が欠落しているのだ。典子の妊娠にショックを受けた美佳子は、原岡との不倫関係の清算を、こともあろうに自分の両親にさせた。

しかし父親という人種に、何を言ってもわかってもらえるはずはなかった。原岡は美佳子をレイプしたわけではない。相手は二十五歳の立派な大人である。大人のふたりが、男に妻がいることを承知で愛し合った。その間には、気をもたせるようなことを言ったかもしれないが、それは当然のなりゆきであろう。

大人の常識の中ですべては始まり、妻の妊娠という事態を迎えたのだ。ところが美佳子がしたことというのは、十五歳の少女のように泣いて、両親にすべてを打ち明けるということだったのである。

「ミスキャスト」という作品は、〈美人〉で〈若い女〉好きの原岡という不貞の男の愚かさを断罪する作品では決してない。すでに〈処女〉でもない二十五歳になる社会人の女が、自分の父親に「あの子は、ねんねといおうか、純粋培養《ばいよう》といおうか、とにかく男の人に慣れていないところがあるんです」という言葉を吐かせる滑稽さを糾弾しているのだ。〈世間〉や〈大人の常識〉の中で意思疎通ができない美佳子の幼稚さという、美佳子の〈純な心〉が冷ややかに見つめられているのである。

〈美佳子にはどこかちぐはぐなところがある。今どきの若い女から、ちょっとずれているところがあるといえばいいだろうか〉とよぎった〈不安〉を、原岡に〈苦笑い〉で済まさせてしまったほど美佳子が纏う〈純な心〉は、原岡を惹きつける。クリスマスに会えなかった詫びのカードとバラ〈三十本〉を〈夢みるように美しいクリーム色です〉と言い、そう大きな石がついているわけではない〈プラチナとダイヤのペンダント〉にはしゃぎ、勤務する会社名で融通がきくフレンチレストランでの食事を〈最高だわ〉と喜ぶ二十五歳の愛人は、〈今どき珍しいほど純で愛らしい娘〉と原岡には映った。美佳子は、この自身の武器を無自覚に振り回し、両親を使って、身重の典子から原岡を奪取した。つまり美佳子は、〈純な心〉で両親を動かし、〈純な心〉をかざして原岡に〈結婚〉という〈責任〉を承諾させたのだ。

林真理子は、かつて一九八八年五月の「文芸春秋」で「いい加減にしてよアグネス」を表すなど、アグネス論争の渦中にいた。そこで林真理子が批判したものは、この「ミスキャスト」で糾弾された美佳子と同質のものだと言えないであろうか。すなわち、〈大人の女〉として自己責任全うする覚悟の欠落と、そのことへのピュアな無自覚である。自分の恋愛の尻拭いを両親にさせてなお〈純な心〉で〈十五歳の少女のように〉振る舞える二十五歳の女の、ぬるい不気味さが呈示されているのだ。

（清泉女子大学非常勤講師）

『初夜』——多くの共感と心地良い理解困難感——

濱崎昌弘

作品を読んでもいない人から批判された、ことがあるらしい。

立ち振る舞いやマスコミでの言動を片耳で知る人は多いが、林真理子（以下、林）の作品をきちんと、そして冷静に知っている、もしくは知ろうとしている人はどれだけいるのだろうか？

林は不思議と気持ちの良い（スカッとする）文章を用いつつ、巧妙かつ独自な筋立てを展開する作家である。多くの共感と心地良い理解困難感を味わう事ができた。心地良い理解困難感とは、反感とまでは言えないし理解や納得も些か困難だが、それでいて何故か得られる心地の良い（言葉のナイフでぶった斬られたような）読後感覚、との意味である。単に文章が上手なだけではないし、多くの（男女間諸課題等の）クリティカルな場を直接もしくは間接的に経験しただけとも思えない。元文学少女と自称するだけあって、多くの作品を渉猟、咀嚼、最後は血肉化してきたのも事実なのであろう。

では、それだけであれだけの文章巧者となれるのか？　書かれたものから考えてみたい。

例えば、と言う事で十一の短編から成る『初夜』から探ってみる。

子育ての最中の女が、その幸福を守るためにどれほど強く、どれほどずるくなるかを私は過去の経験で知っていた。（「ペット・ショップ・ストーリー」）

「秘密を守るためには、同じ立場の相手を選ばなくてはいけない」（「お帰り」）

何よりも、娘の父親に対する天性の媚びというのは、どんな商売女も敵わないだろう。ことさら甘えるというわけでもない。ふっと不機嫌になったり意地の悪いことを口にしたりする。すると父親の方は狼狽して、どうやったらいいのかわからなくなるのである。（「儀式」）

化粧っ気の無い顔からは、台風が吹き荒れた後の、花壇の静けさが漂っていた。すべてなぎ倒された花からは、かすかに色彩がこぼれていて、人は知子が昔かなり綺麗な女だったらしいことを知るだろう。（「いもうと」）

家庭を持たず、職も一定しない人間が持つ、首すじのうっすらとした垢のような、はっきりとは見定められないけれども確かにあると感じられる薄汚さを知子は身につけつつあった。（「いもうと」）

さびれ、消えていくばかりの田舎の商店街というのは墓場とよく似ている。死んだ者たちの記憶が、家ごとにきちんと墓石のように並べられているのだ。たまに足を運ぶ客たちは、さしずめ参拝者であろうか。（「帰郷」）

情事とか不倫とか官能とかの簡単な記号で語られることが多い林作品だが、その生息域はまだまだ広いと思われる。これは気持ち良い文章だ、と（私が）思ったものを紹介したが、背景や筋立ては更に巧妙であり、心地良い理解困難感を与えてくれる。

例えば、表題作の「初夜」は、一人娘で〈老嬢〉で独身である恭子が子宮の摘出手術を受ける前の晩、父親が添い寝をしつつ、今からでもこの不幸な処女を抱いてくれる男はいないものか？　それよりもいっそ〈父親である自分が恭子を抱き〉、〈最初で最後の記憶をつくってやりたい。〉と妄想する物語である。

「眠れる美女」は、二十七歳で十五歳年上の女性と結婚した男の話である。その男が四十二歳となり〈老女趣味〉とか〈変態趣味〉と言われつつも〈もうじき六十になろうとしている〉妻とのセックスの場面を友人に見せるとの筋である。「初夜」と併せて、川端康成の『眠れる美女』のオマージュ（アンチテーゼ、かも知れないが）とも読めなくもない秀作と言える。

「ペット・ショップ・ストーリー」は、かつての不倫相手の元妻が近所に引っ越してくる事を知り動揺する女の話であるが、理解困難なのは、元妻の考えとして、不倫相手を選ぶことであった。つまり、〈ヘア・メイキャップ・アーティスト〉で〈売れっ子のキャリアウーマン〉は許せないが、〈富山から上京してきたばかりの〉〈訛りと同じようにニキビの跡もあちこちに残していた〉女は夫の不倫相手として許せるというものである。

「メッセージ」では、自分勝手に不倫関係を終わらせようとする女に対して男の言う科白が愉快であった。これには完璧な共感を誰しも持つだろう。〈「世の中の男やすべてのことが、自分でコントロール出来ると思っているのは間違いだよ。そのくらい、まだわかんないとはね」〉、痛快で爽快な科白である。

「いもうと」は、〈奇矯な老嬢〉であり〈出来の悪い身内〉になってしまった妹から〈一年に二度か三度〉〈無心〉をされている兄の話である。妹は今〈あちらの世界〉にいると、それは〈何か大きなものを放棄した人間の集まりである〉と語っている。あちらとこちらの世界に関して面白い議論が出来そうな作品である。

「春の海へ」は、初めての不倫相手を〈「神さまからの贈り物」〉とか〈人生に、突然せつなくも輝くものを持ってきてくれた男〉と思い、であるから〈「男に渇仰され、抱かれる女ならば、いつまでも美しくなければいけない」〉と思っている女の話である。最初は〈肉と肉を激しくからめ合った男女〉が二度目の逢瀬では〈春の湘南の海〉にドライブに行き〈春の海辺でもたらされるはずの幸福〉を味わうはずが、新横浜のラブホテルにいくことになり失望しかける、という物語である。苦笑しつつ、何なのでしょうねと思う人は多いだろう。
まだまだ紹介したい文章や筋立ては多いが、この位にする。林が苦手とか嫌いだとか言う人は多いが、多くはきちんと読んでいない場合なのではないか、そしてきちんと読めば読むほどに感じる林作品の扱う世界の広さに、全ては理解できないとしても、そんな事ってあるのかなあと思いつつ楽しめばいいのではないか。
人の身体は食べた物で出来ていると言われているが、人が書いた物もその人が読んだものから出来ていると思う。読書と言う基礎に経験及び想像力を加える事により文学作品が構築されるとしたら、林は基礎の部分で良い本読みであったのだと言う事が『林真理子の名作読本』を読めば理解できるだろう。あの『ライ麦畑でつかまえて』を林はこう読む。

けれども十代の頃、多くの人は不幸であった。手垢のつかない、正体のわからぬ不幸が、もやのように身体をとりまいていた。大人になるのも悲しいが、子どもも悲しいというあのやるせなさ。結局生きていることは悲しい。聡明な少年や少女はそのことがわかってしまう。が、彼らがそのまま繊細な大人になるかというと、それもまた違うから不思議である。「ライ麦畑でつかまえて」に感動した何十万という少年少女も、ほとんどがタダの大人になった。これがいちばん悲しいことだ。

林作品の心地良さの原点は良き読書の結果の良き書評にあるのではないか？　と思わせる。稀代の読書人が稀有な想像力を持って産み出された林の世界は、未来へと向けて今も拡張中と言えるのではないのだろうか。

（近代文学研究者）

『聖家族のランチ』――聖家族とカニバリズム――

恒川茂樹

「聖家族のランチ」は、雑誌「KADOKAWAミステリ」に二〇〇一年一月から二〇〇二年五月まで連載され、二〇〇二年十一月、角川書店（現・KADOKAWA）から単行本として刊行された。また、二〇〇五年十一月には角川文庫版が発売されている。掲載誌の名からも推察されるとおり、作品はミステリ（というより実際はホラー）タッチで描かれており、いつも通りの林真理子もの、すなわち恋愛ストーリーと思って読み始めた読者の期待は見事に裏切られることになる。浮ついたところのない、いたって真面目な作品と言っていいだろう。

佐伯家は四人家族。夫の達也は慶應大学を出た後、一流の銀行で部長として勤務しているいわゆるエリートサラリーマン。妻のユリ子は売り出し中の美人料理研究家。十九歳の娘美果は高校卒業後、大学には進学せずにユリ子の〈アシスタントの真似ごと〉をやっており、十六歳の息子圭児はこの春に名門高校に入学したばかり。少なくとも夫婦二人は〈人生の大半は勝利し〉非常に恵まれた境遇にいる家族が描き出される。ただし、ユリ子の不倫が端的に示しているように、「佐伯家」という家族はほとんど解体寸前になってしまっている。ユリ子は昔こそ〈どんなことがあっても夕食時間に帰ってきた〉しっかりものの母親だったのが、いまは編集者との不倫に溺れ、社交界での華やかさの中に〈浮遊するように〉なっている。夫の銀行の経営が思わしくない時でさえ〈関係ない〉と言い放つありさまである。一方で達也の方も、自らが会社のごたごたに巻き込まれつつある中、妻が三週間もヨーロッパ旅行に行くのに〈無関心〉であり、美果は自分のキャリアについて考えているようでもなく、圭児に至ってはオウム真理教を思わせる〈慈愛の塔〉なるカルト教に熱を上げてしまう。それぞれがばらばらの方向を向いている家族について、〈いったい何のために家族はあるのだろうか〉という美果の嘆きは深い。しかもその思いは美果だけでなく家族全員が抱いているものであろう。

そんな中、圭児がとあることからユリ子の不倫を見抜いてしまう。後日、彼はユリ子を宗教的に救うため不倫相手の緑川を脅して自宅に呼びつけるのだが、緑川が突然襲い掛かってきたこともありナイフで殺害してしまう。圭児の犯行を知ったユリ子は、家族に死体を解体し食すことによる証拠（死体）の隠滅を提案する。達也ははじめこそその提案を拒否したものの、結局家族総出で死体を解体することに決め、風呂場で実行に移す。バラバラにした死体は数カ月かけて食べつくしたものの、頭部だけはどうすることもできない。そこで頭部については協議の末、そのまま遺棄することにしたのだが、ピクニックに出かけいよいよ崖下にそれを投棄しようとしたところを警察によって現行犯逮捕されてしまう。そんなストーリーとなっている。

文学作品において、カニバリズムというのは重要なテーマとなってきた。いくつかの作品を食人にいたる状況設定から分類してみると、大きく二つに分けることができる。一つが、唐十郎「佐川君からの手紙」のような、自ら進んで食人を行う場合であり、もう一つは大岡昇平「野火」のようなやむなく食人に至る場合である。後者には他にも武田泰淳「ひかりごけ」や、（実際には食人に至ってはいないが）野上彌生子「海神丸」などの作品も含まれる。当然、本作もユリ子を含む家族全員が食人に嫌悪を表明していることから、後者に振り分けることが出来るだろう。ただし他の作品は、食料の無い戦場や海上での食人を描いているのであり、そこでは食人をするということがそのまま生き延びることに繋がるものとしてある。しかし本作のそれは単に死体を処分するための手段でしかない。桐野夏生「ＯＵＴ」が、女が殺人を犯してしまい死体の処置に困ってやむなく処分（解体）を依頼する、という筋書きをもつことを踏まえれば、取り扱い上、死体をバラバラに分割するところまではかろうじて納得することができる。しかし「食べてしまう」となると次元が異なってくる。解体と食人の間には相当深い溝が横たわっていると言ってよい。そこをユリ子の一声で軽々と乗り越えてしまうのだが、その時佐伯家の人の中で食人というものへの考え方が徐々に変化していったことに注目してみたい。

凄惨な作品にも関わらず、この作品のタイトルは〈聖家族のランチ〉である。この落差はどのようなところから生じてきているのだろうか。そもそも「聖家族」とはキリスト教美術の主題のひとつとして知られているもので、具体的にはイエスとその父ヨセフ、母のマリアを指す。中でも絵画作品として有名なのはラファエロの「聖家族」であろうが、この絵画は堀辰雄の「聖家族」にも影響を与えている。他にも近年では日野啓三や古川日出男といった作家が「聖家族」というタイトルで作品をものしている。諸作品での描かれ方は別として、基本的に「聖家族」とは地上における「三位一体」とも称されるように、愛で結ばれた理想的な家族のかたちとして考えられているものである。ここで本作に話を戻せば、緑川の切断された頭部を崖下に投げいれようとしていたピクニックが〈聖家族のランチ〉と呼んでよいものであったならば、すなわち佐伯家はこの段階で、愛で結ばれた、ほとんど理想的な家族としての関係を作り上げていたといっても差し障りないのである。

圭児が殺人を犯してからというもの、食人を完了させるという目標に向かってあれほどばらばらだった家族が、かつてないほどの団結を示した。ユリ子は、〈二ヶ月というもの、全く夜は外出せず、家族の夕食だけをつくり続けた〉のであり、達也も〈あの日以来、外部とは可能な限りつき合いをして〉おらず、圭児も教団に〈ちょっと寄っても、すぐ帰る〉といったように食人をきっかけに家族が同じ方向を向くようになった。しかも達也に至っては、家族で一緒に食事を取ってコミュニケーションすることに〈充たされて〉さえいるのである。他者から不審の目で見られたりしているのを乗り越えて粛々と食人を実行していく彼らであるが、犯罪を隠蔽するためとはいえその姿はあまりにも禁欲的である。彼らが必ず夕食を家族全員でそろって食べるという約束の元に生活していることを考え合わせると、「受難」「戒律」など、どこか宗教的な要素を連想させる。食人というものがいつのまにか、そして皮肉にも聖性を帯び、履行しなければならない約束として重くのしかかる。こうして彼らも知らない間に、宗教的に団結させられた家族ができあがっていくのである。そしてその最終的な形態として〈聖家族〉がある。厳しい約束を守りながらようやくにして臨んだピクニックだったのだが、死体投棄（食人の完遂）の直前にユリ子が取り押さえられたことによって、〈聖家族〉にまで高められた彼らはあまりにあっけなくばらばらになって〈犯罪者一家〉という暗闇の中に落下していってしまったのである。

食人という常軌を逸した野蛮な行為が、佐伯家を〈聖家族〉へとまとめあげていくプロセスと化す、という価値の転倒が描かれている中で、最終的にはそれも警察による検挙というかたちで正常な世界へと回収されていくのだが、これはまさに著者の描かんとするところでもあった。というのも、著者が職業や居住地などのステイタスに人並み外れた関心を持ちあわせていることは他の作品からでも十分に読み取れるが、そうした社会的地位というものは通常の価値観の中でこそ威力を発揮するものだからである。本作では食人という非人間的な行為が行われることを通じて全く別の価値が台頭してくるのを止められなくなる様が描かれるわけだが、それを懲らしめるようなかたちで検挙が行われる。つまり、「価値」が一度「転倒」したのを元に戻すような、そんな作品の成り立ちをしていたのだ。こうしたメタレベルでの価値の一貫性こそ、林真理子を支え続けている「野心」の表出あり、他作品を読む際のキーとなる価値観であるということも認識しておかなければならない。

（書店員）

『年下の女友だち』――〈傍観者〉である〈私〉――

杵渕由香

『年下の女友だち』（初出「小説すばる」00・10〜02・8に断続的に発表）は、〈私〉に〈年下の女友だち〉が恋愛に関する〈相談ともいえない告白〉をしていく連作短編である。山田詠美『放課後の音符』（新潮社、89・10）と似たような構成なのだが、『年下の女友だち』では〈私〉が中心となるような話は含まれず、〈私〉が前景化することはない。

私の役割は、物わかりがよく世故にたけた中年女というものだ。少々世間に名を知られているのと、金を持っているのとで、娘たちは私に興味を持つ、そしてそう重大ではない恋の悩みを打ち明けたりするのだ。

（「第一話　七美」）

全話にわたって、この〈私の役割〉は共通している。〈娘たち〉は〈私〉に〈相談ともいえない告白〉をするが、〈私〉は〈傍観者〉の立場を崩さない。〈私〉と仲良くなる〈娘たち〉は、美人で金持ちばかりである。それぞれ抱える悩みや問題が異なってはいるが、程度の差はあれ恵まれたものを持っていることには変わりがない。しかし恵まれた環境にありながらも、幸福な恋愛と結婚が彼女たちにはできないのである。

「第一話　七美」の安藤七美は「器量といい、人柄といい、申し分のないお嬢さん」であるのだが、良縁には恵まれなかった。〈若さと魅力を失いつつある〉頃決まった結婚は、七美が理想とするようなものではなかった。

「第二話　かおり」の八坂かおりは、〈とんでもない金持ち〉の娘で、決して容姿も悪くないのだが、自分より美しい母親がいるために自分に自信がなく、美しい男しか愛せなくなってしまっていた。「第三話　こずえ」では、〈若く愛らしい容姿〉でコピーライターをしている中山こずえが同じ業界の熊沢と不倫をしている。こずえは獣医との結婚が決まったのだが、熊沢の子を妊娠し、結局全てを失ってしまった。「第四話　葉子と真弓」は、夫に浮気をされた美しい容姿を持つ山口葉子と、その夫と不倫をする名の知れたコピーライターの森田真弓の話である。「第五話　いずみと美由紀」では、〈飴細工の人形のような〉美しい容姿を持つ野口いずみのせいで、友人の佐藤美由紀は彼氏と別れることになってしまった。美由紀はいずみに〈真実の恋〉に出会わないよう罰を課し、いずみはその〈罰をせっせとこなしている〉。「第六話　実和子」は、〈会社の経営者の娘〉の実和子が、学生時代から付き合っていた医者と結婚するのだが、〈セックスに溺れてみたい〉という願望から、AV男優サムソンと一晩限りの関係を持つ。しかし結婚後も夫とのセックスに物足りなさを感じ、サムソンと会い続けている。「第七話　沙織」の和田沙織は〈大層美しい女〉で、〈赤坂の総合病院の院長夫人〉であった。一度も〈男の人を好きになったことがない〉という沙織は、男の人を愛してみたいという願いから不倫をする。「第八話　日花里」の鈴木日花里は在日韓国人二世で〈とんでもない金持ちの娘〉である。〈男の人といつも長続きしない〉日花里が惚れたのは、暴力をふるう売れない役者であった。

〈私〉が彼女たちの悩みや騒動に積極的に介入することはなく、彼女たちの方から何か頼まれたときにだけ手伝いをするだけである。〈私〉は彼女たちの聞き役に徹しているため、〈私〉について語られることはあまりないのだが、彼女たちのことが語られる中で、〈私〉のことも少しずつ明かされていく。

〈私〉の名前は「第二話　かおり」までは竹下という名字しか明かされていないが、「第三話　こずえ」で下の名前がエミ子だと示される。〈一度結婚に失敗し〉たという過去の詳細が明らかとなるのは、「第四話　葉子と真弓」である。真弓の不倫相手である葉子の夫というのは、〈私〉の元夫だったのだ。離婚の原因は夫山口の浮気と、子宮癌で子宮を失ったことである。〈私〉は子供を産めないことに負い目を感じ、〈子供なんて関係ないよ〉という山口の言葉を、〈この男は自分の真実と違うことを思い込もうとしているのではないか〉などと信じることができなくなってしまった。〈私は秘密を、卵を抱くようにしてずっと生きてきた。その頑なさが、多くの女をして私に秘密を語らせたのかもしれない〉とあるように、〈私〉がその秘密を誰かに話すことはなく、葉子と真弓も〈私〉の秘密を知らないままだ。〈私〉は彼女たちの誰ともお互いに秘密を共有するということがない。つまり自分の弱みは見せず、相手の弱みを握っている状態となり、〈私〉の方が常に優位な立場となっている。〈自分のことを何ひとつ語ろうとしない〉沙織から、〈いろいろ話を聞いていただきたいんです〉というメールが来たときに、〈私の中にかすかな勝利感がなかったといったら嘘になる。（中略）このことは人懐っこい女たちから好かれるよりも、何倍もの満足感を私にもたらした〉ように、自分に秘密を打ち明けてくれることを喜びとしている。〈私〉は彼女たちの〈相談ごとともいえない告白を聞〉き、〈眺める〉のが好きなのである。〈彼女たち〉よりも優位な立場にいることで、〈私〉は〈眺める〉だけでもいられるのである。

〈私〉は〈仕事柄、いろんな女たちに会う〉といい、一見〈いろんな女たち〉を引きつけているようだが、〈私に秘密を語〉る女は、前述したように美人で金持ちという恵まれた環境でありながらも、〈理想とする男〉を選ぶことができず、幸福な選択をできないような女たちばかりである。また彼女たちに共通するのは、酒が強い、もしくは飲めることだ。〈いろんな女たち〉というのは、そうした狭い範囲の中でしかない。そして彼女たちとは異なる土俵にいることによって、〈私〉は〈傍観者〉となることができる。夫の元妻である〈私〉に葉子が相談をするのも、単に葉子が〈変わってる〉からだけではないだろう。〈私〉が若くも美人でもなく〈世の中を達観したおばさん〉だからこそ、何の心配もなく恋愛話をすることが可能となる。そうした〈世の中を達観したおばさん〉になったのも、〈子宮を持っていない女〉だということによる。山口と離婚して以来、〈私〉が恋愛したという話はない。子宮を失ったことで、恋愛することを手放してしまったのだと推察される。それによって彼女たちの恋愛話を、〈傍観者〉として聞くことができるのだ。

あくまで〈傍観者〉でいる〈私〉が唯一介入することになったのは、終章の日花里のときである。不倫などであっても彼女たちの恋愛に反対するようなことはなかったのだが、日花里には売れない役者の辰也と別れるべきだというようなことを忠告した。それは〈私〉に何か変化が起きたからというよりは、日花里がそれまでの〈女友だち〉とは異なっていたからだといえよう。日花里は〈私〉に辰也を紹介し頼みごとをするため、食事の席を設けた。そこで辰也が上演する芝居のポスターのデザインを〈私〉に頼んだのだった。日花里以外に相手の男を紹介したのは、七美だけである。しかしそれは、七美が恋人をお茶会に連れてきたからに過ぎず、〈妹分〉でもあった七美が〈私〉に恋人を紹介する機会を設けることはなかった。〈私〉に相手を紹介したのは日花里だけであり、〈相談ともいえない告白〉以上のことをしたのである。日花里の話を聞くだけではなく辰也を紹介され、さらに辰也のためとなる頼みごとまでされたことで、それまでと同じ〈傍観者〉ではなくなったのだ。〈私〉が〈傍観者〉でいられたのも、相手の男も交えて三人で会うというようなことがなかったからでもあるだろう。〈私〉の忠告によって日花里は辰也と別れることになり、半年後、〈在日の医者〉と結婚した。式は〈心の籠もったともいい披露宴〉となったのだが、それは人から聞いて知ったことだった。〈傍観者〉でなくなった〈私〉は、〈ことのなりゆき〉を〈眺める〉こともなくなったのである。

（二松学舎大学大学院）

「anego」――その無償の原理――野寄　勉

「anego」（２００３・11、小学館）は、バブル景気後期、そこそこのレベルの大学から大手商事会社にコネ入社した一般職ＯＬ、〈自分を知的で、個性的な女と思っていた〉野田奈央子、三十三歳から三十五歳までの結婚をめぐる冒険失敗譚である。時代設定は掲載誌「Domani」連載（２００１・7～２００３・9）時とみなしてよかろう。

会社は四年前から一般職女性を採用中止し、総合職でなくても専門的な仕事を割り当てている、社内の女性は、今や若い派遣社員が最大勢力となりつつある。総合職を選んだ女のほとんどは男性と対等に仕事する困難さに限界を感じて辞めていた。一般職も、社内結婚や外部の男との結婚、家事手伝いや留学を理由に四分の三は退職している。もとより男性社員のお嫁さん候補として雇用したのに〈社内の男をひとりもつかまえることも出来ず、外の男と結婚することも出来ない女〉という汚名を被る代償として高い給料をもらい続けている女子社員に対して、早く辞めてほしいという空気は、年ごとに露骨になっている。女の資産価値低下に怯えつつ、プライドとの葛藤の末、嫌悪・忌避していたはずの不倫の相手も含め、かかわりを持った五人の男のいずれとも成就しない。十七歳から八人の男性と交際したと履歴が開陳されているからといって、「anego」自体は、性の深淵を洞察する小説ではない。スナックで知り合い、二十代後半から三十代前半の五年間というかけがえのない歳月を惰性で付き合った中年フリーライター・溝口の別れた妻のことを、〈奈央子も名前だけは聞いたことがある〉、〈純文学というむずかしげなものを書いている作家〉と評しているのは、自作の、娯楽小説宣言であろう。

林真理子は発表誌の創刊号（1997・1）から長編小説「コスメティック」を、「anego」がスタートする直前号までエッセイ「ルンルンを買ったその後で」を連載するなど同誌との親和性はきわめて濃く、読者の傾向・特性が那辺にあるかを熟知していた。女性誌とはそもそも、この年代ならではの素敵な貴女になれますよ、と、服飾、美容、健康にと、消費をあおって自己肯定感を喚起させるメディアであることも承知しているはずだ。

一九九六年十二月創刊の「Domani」は、読者の棲み分け（若さと美貌が武器になるうちに、いい男をつかまえて、その庇護下に入る・お金持ちの夫を得て子供のお受験にも成功して余裕のある専業主婦生活を享受する）がなされている既存の女性ファッション誌のニッチを三十代に見定め、〈年齢にとらわれることなく、社会と関わりながら生き生きと輝いている女性たち〉を〝ノンエイジ・キャリア〟と名付け、読者対象年齢の数値表示を朧化した。したがって若さに女の価値が置かれがちな結婚市場にあって、仕事に邁進しているうちに、あっという間に四十代に、さらには〈生涯未婚者〉と政府が認定する五十代へと突入してしまう厳然たる事実を読者に突き付けたりはしない。

本作連載中、「Domani」は「働く30代に〝姉御シンドローム〟急増中」（2002・6）という記事で、《他人に頼られる＝〝姉御〟＝読者の貴女》へのシンパシーを追加発信した。林真理子はそこで、姉御を、性格もよく、仕事もできる、おまけに容姿端麗、同僚や後輩から慕われる存在と定義する。結婚だけが目標でないとしながらも、結婚という幸せのかたちを経験することは大切だと唱えた上で、素敵な姉御として待っていれば出会いはありますよ、と結んでいる。結婚・出産も済ませた当時四十八歳前後の作者が購読者世代に送るエールは、欲望を含む徹底した自己肯定である。ただし、このエールが難儀なのは、四年制大学卒業後、そのまま都会でやれ自己実現だ、女ばかりでつるんでグルメだ旅行だと人生をエンジョイしている間に、若さという武器の有効期間を自覚し、効率的に運用していた者がいる点である。彼女らが、いわばバーゲンセールが始まる前に正価で、パーフェクトな男を早々にゲットしている以上、セールの見切り品のような男がいやであるならば、「若さ」よりも「成熟」に価値を置く男は極めて少ないという現実を直視しなければならない。それでなくても見合い結婚よりも恋愛結婚のほうが上という価値観に縛られているばかりか、その恋愛自体が、肥大化した自己愛との勝ち負けに終始するゲームと化しており、必然的にその先にある結婚もまた、勝ち負けを意識せざるをえない。恋も結婚も、あくまで人から羨ましがられなくてはならないイベントなのだ。資産価値の高い男と結婚することが、〈多くの女たちが憧れる幸福のわかりやすい形〉であるとしている限りは、異質なるもの（＝自分の尺度では容認不可能なもの）に対しては絶えずマウンティングすることで見下して、自己肯定を図るしかない。自分を評価する尺度を職場に求めようにも、今や自分よりも欲望に忠実な派遣社員に代行可能とみなされているし、ましてや、独身のまま四十代を迎えている先輩たちのように、女を捨てて居直ることはもってのほかだ。

いわゆるバブル世代が未婚のまま三十台中盤にさしかかった際の、そのスタンスの自問としての「anego」と併走するように他誌で連載され、単行本刊行もほぼ同時期であるのが、小倉千加子の『結婚の条件』（２００３・11、朝日新聞社。初出『一冊の本』２００２・10〜２００３・11連載）と、奈央子と同世代となる酒井順子による『負け犬の遠吠え』（２００３・10、講談社、初出　２００２・1〜２００３・２）である。後者が、のち文庫化（２００６・10、講談社）された際、文庫解説を請け負ったのが、ほかならぬ林真理子であった。文庫本の解説はめったに引き受けないのに、書けるのは私だけ、として、十二歳年下の酒井の切り口の見事さを讃嘆する。酒井が定義する「負け犬」像はまさに奈央子そのものである。換言すれば「anego」は、「負け犬」の自称というプライドの棚卸しに躊躇しているのは、私だけではない、と読者にシンパシーを抱かせた小説ということになる。

＊

〈自分は少し他人に立ち入り過ぎると〉思っていても、相談されれば、親身に応対せずにいられないのは、自己肯定感が低いためかも知れない。すれば、不倫相手の妻とその娘を気遣い、面倒をみるという異様な行動にも合点が行く。〈結局のところ自分は気が弱い〉「性分」という言葉に解消され、それ以上は遡及されることはない。「面倒見の良い私」から降りようとしないのは、そこにならば自己肯定感が確保できるからであろう。

妻だけが死んだ夫婦心中の後、病に倒れた不倫相手の娘に助けを請われ、沢木の実家がある岐阜へと向かう。病院の大部屋に横たわる男の、どす黒くむくんだ顔と、祖母に養育を疎まれ施設に送られる直前の娘と対峙して、〈共に生きることはむずかしいかもしれないが、とりあえずは側にいたい。男とその娘を、この窮地から救いたい〉けれども、〈自分には責任はないし、これは同情ではない。もちろん愛でもない。〉と、自分が不倫したことで、この一家を破滅させた自責の念ではなく、〈「いつもナオちゃんって、損な方ばかり選ぶのね」〉と母の声をよぎらせて、最後まで〝損な役回り〟としての姉御ぶりを発動させる。けれども、その代価は、奈央子を見上げる真琴の、絵里子そのものの黒目がちの大きな目であった。女性が女性の苦しみを再生産する恐怖に奈央子は凍りつく。病床の不倫相手にかつて「金をたくさん遣わせよう」、「自分に惹かれているなら、金を遣うのが男の誠意だ」と、金銭を媒介とする「有償の原理」を人間関係に浸透させて、幸福追求をいびつにさせていた奈央子の、妊婦でありながら割腹自殺にまで自らを追い込んだ、その不倫相手の妻の遺児に対し、究極の「無償の原理」の発現として、さて、〈お姉さん〉は、今後どう向き合うというのだろうか。真の自己肯定が、そしてまさに「姉御」としての真価が問われる形で、小説世界は幕を閉じる。

（高校教員）

「野ばら」――傷つき成長する人間のドラマ――

小林一郎

デジタルアーツ社が、今年二月に発表した「未成年の携帯電話・スマートフォン利用実態調査」によると、携帯電話・スマートフォンの一日の平均使用時間は、男子高校生が4.1時間、女子高校生が7時間である。内閣府の「平成25年版　子ども・若者白書」では、高校生の97.6％が自分専用の携帯電話を所有し、45.5％が2時間以上携帯電話によってインターネットを利用している。親子のかかわりは、十八歳以下の約3割が父親と一週間のうち4時間以下の会話しかしておらず、中高生の約1割が、親と特に一緒にすることはないと答えている。さらにSNSによって若者の友人関係が希薄化しているとも言われており、ライン等を媒体にしたいじめや残虐な事件も増加してきている。現代社会が抱える高齢化、情報化、国際化、温暖化といった様々な問題を解決し、明るい未来を築くという役割を課せられた現代の若者たちに、今最も必要とされるのは、生身のふれあいであり、ぬくもりを感じることのできる人間関係ではないだろうか。「絆」は東日本大震災のあった二〇一一年を表す漢字であるが、人と人とのつながりである「絆」の重要性は、ますます大きくなってきている。

林真理子の「野ばら」は、「私たちって、ずうっと幸せなまま生きていける気がしない？――宝塚の娘役の千花と雑誌記者の萌。若く美しい親友同士の恋の行方『週刊文春』連載時から話題を呼んだ華麗な世界！――」という単行本の帯に付されたコメントで示されているように、友情の物語である。萌と千花は、それぞれの恋や日常を大切にしつつ、互いを思いやり、必要としあっている。そして、二人を取り巻く華やかなではあるがけして甘くない、生身の人間たち関係は、じっくりと読み直す価値があると思う。いささか偏った勝手な読みかもしれないが、以下に「野ばら」について、いくつかの私見を述べてみたい。

林真理子の刊行された著作は三〇〇を超えている。現在も新聞小説を「朝日新聞」に、さらにおよそ三〇年に及ぶ「週刊文春」でのエッセイをはじめ、「an・an」「週刊朝日」「オール讀物」他にエッセイや対談を連載中である。自身のブログ「あれもこれも日記」では、著作がテーマごとに分類、紹介されているが、ちなみに「野ばら」は「多感な青春時代を味わえる本」に分類されている。

林真理子自身が、二〇〇五年十一月二十六日の共立女子大・短大で開かれた公開講座の基調講演「私が描いた女たち」の中で「野ばら」について次のように語っている。

「野ばら」は、宝塚の女の子と、その友達の財閥のお嬢さんがモデルだ。若くて美しくて、「おじさんたちのワインの会においで」とか「フレンチ食べにいこう」とか誘われて、世の中の楽しいところすべてに出没しているという。彼女たちの話を聞いて「そうだ、谷崎潤一郎の『細雪』の平成版を書こう」と考えた。美しい女たちが六本木ヒルズとか麻布の和食屋とかで、ありとあらゆるおいしいものを食べたり、京都に旅行にいったり。平成の時代の贅沢を書いてみようとしたのがあの小説だった。

「野ばら」は、「週刊文春」に二〇〇三年一月十六日号から同年十月三十日号まで連載され、二〇〇四年に文藝春秋社から単行本として、二〇〇七年には文春文庫として出版されている。文春文庫の新刊紹介にも「美しきヒロインたちの翳り行く日々を描いた、現代版『細雪』」と紹介されている。

酒井順子は文春文庫の解説で、「私たちって、ずうっと幸せなまま生きていける気がしない?」と桜の花の下で千花が語るシーンと、ラストの恋に傷ついた互いの行く末を思いやる「落ち葉の季節でもないのに、葉がひらひらと頭の上に散った」シーンとのコントラストは印象的だが、千花と萌が「永遠などということは無い」ということを知って成長していること、そして「野ばら」は、幸福と不幸はすぐ隣同士にあるということを私達に教えてくれる物語であると指摘されている。まさに慧眼である。

萌と千花は、良家の子女が多いカトリック系の女子校の小学校からの同級生であるが、二人とも系列の大学には進まなかった。萌は四谷の大学を卒業し雑誌のライターとなり、千花は高校を中退し宝塚音楽学校へ進み、娘役として舞台に立つ。若い二人の世界は、庶民的な日常からは程遠い贅沢で華やかなものであるが、萌は父親ほどに年の離れた映画評論家に、病床に伏す妻の存在を知りつつアタックし、千花は梨園の御曹司の若手女形に振り回されながらも、宝塚での将来に限界を感じ、結婚による引退を夢見ている。豪華絢爛な舞台ではあっても、二人の直面する現実は特殊なものではない。夢のように贅沢な世界に生きる二人の恋の破局は、読者に親近感、優越感といった感想をもたらすとともに自らの青春時代への郷愁を感じさせもする。

「野ばら」というタイトルは白や紅の可憐な花をイメージさせるが、バラ特有の「棘」も連想させる。恋に傷つくヒロイン、華やかな世界に存在する影の部分を暗示しているかのようである。さらにまた「童は見たり　野中のばら」（近藤朔風訳）で始まるゲーテの詩に付けられたシューベルトの歌曲は有名であるが、ハインリッヒ・ヴェルナーによる曲もなじみ深い。（他にベートーベン、シューマン、ブラームスなどの多くの作曲家が曲を付けている）「野ばら」というタイトルから異なるメロディが思い浮かべられるように、二人のヒロインの異なる恋模様が暗示され面白い。

宝塚や歌舞伎の世界は、贅沢なだけでなく特殊な世界である。林真理子は、一九九四年、自らが選考委員をつとめたスポニチ文化芸術大賞の贈呈式で「すみれの花咲く頃」を聞き、ズカファンになると心に誓った（「桜とスミレ」『皆勤賞』１９９６年、文芸春秋社刊所収）という。コアなファンにとっては「なるほど」、そうでない者にとっては「驚き」の舞台裏も描かれているが、あくまで「細雪」の平成版を意識したものであり、お金や権威、伝統によって幸福がもたらされるわけではないということを示す素材に過ぎない。

「野ばら」は、二人のヒロインの、母と娘の物語であるとも言えると思う。萌と母桂子、千花と母悠子のそれぞれの母と娘の関係は、物語の需要な要素であり、奥行きを与えていることを指摘したい。萌の母親である桂子は建設会社の創立者の孫であり、社長令嬢である。萌たちの母校である女子大在学中に有名スターの子である浩一郎と熱烈な恋愛の果てに結婚したもののすぐに破局。離婚後、区立図書館司書という地味な生活を続けているのだが、恋には積極的でいつも恋人がいる。萌の問いかけをはぐらかすこともなく、娘との関係は対等でオープン。不倫スキャンダルで苦しんでいるが、萌のねびまさった将来の姿が重なって見える。千花の母親の悠子も裕福な開業医の妻であり、宝塚の娘役となった千花のために友人、知人に頼んで五〇人ほどの後援会を組織したり、千花の載った雑誌やチケットを大量に購入して後援会のメンバーに配ったりする。娘のわがままに応え、銀座の行きつけの呉服店ではなく京都で着物を誂えもする。甘え、甘えられることを許す仲睦まじい母と娘であり、パトロンたちにかわいがられる千花の社交性も、実は母親譲りかもしれない。

二人のヒロインはそれぞれの恋に傷つきながらも、互いを信頼しあい、精一杯人と向き合って生きている。贅沢な舞台で、宝塚や歌舞伎、お金持ちの人々を登場人物とする「野ばら」が、現実感のない絵空事でなく。生身の人間のドラマたりえているのは、作家林真理子の力だろう。「野ばら」は、今を生きる若者たちに、人と人とのつながり、傷つくことの大切さを教えてくれる物語である。

（東京福祉大学特任教授）

『知りたがりやの猫』論——李聖傑

林真理子『知りたがりやの猫』は、女の嫉妬心や不倫をテーマにした十一篇の短篇を収録した作品集である。平成十六年十一月に新潮社から刊行され、平成十九年六月に同社より文庫化された。この短編集では、平凡な日常生活に満たされないまま、渦巻く葛藤に陥って嫉妬に狂ってしまう女たちが描かれている。第一話「偶然の悲哀」を中心に、この短篇集の女性主人公における内的世界の分析をとおして、作者の意図を明らかにしてみたい。

「偶然の悲哀」では二つのストーリーが展開される。作品の前半は二十年近く前の話であり、登場人物は安藤有紀子、春子と〈私〉（亀山洋子）である。大学進学で上京した有紀子は最初原宿にある女子会館に入れられたが、その生活に慣れず幼馴染の親友と暮らすからそこを出たいと親に訴えた。父親は娘のために青山のマンションを購入した。華やかで濃い化粧を好む美人の有紀子は、〈蟹〉のような〈四角い形の顔〉をしている大学の同級生の春子と一緒に暮らすことになった。二人の間には外見の差異があるだけでなく、贅沢な生活を送っている有紀子は〈昼間働きながら二部の大学に通う〉春子と対照的に描かれる。しかし、春子に同情を示した有紀子の〈無邪気で配慮のない善意〉がかえって春子を傷つけた。ある日帰省した有紀子は予定より三日早く戻って、春子がパーティーをしているところを目撃した。さらに、春子が日頃も自分は金持ちの娘で素敵に一人暮らしをしていると言っていることを知るようになった。それをきっかけに二人は喧嘩別れした。偶然にも春子は〈私〉が住んでいるアパートに引っ越してきた。〈私〉は、有紀子の友人だと名乗らず、ある日「偶然」に二人を〈邂逅〉させる。

作品の後半は鶴田純夫と妻の規子、愛人の大森ユリ子、〈私〉に関する話である。〈私〉と純夫は同人誌の会合で知り合った。目立たない純夫は新人賞を獲り芥川賞候補にもなることで同人の出世頭になる。二年遅れてデビューした〈私〉は〈全く鳴かず飛ばず〉で、食べるためにミステリーファンの〈つまらぬ男〉と結婚したが、十年前に離婚した。純夫は彼の書く本の大ファンだった〈日本で故郷というものを持たない〉規子と結婚した。二人の仲は兄妹か作家と秘書のような関係になっている。ある日、規子はクズ箱から使い切ったテレフォンカードを二枚発見した。看護婦から夫が消灯後もこっそりベッドを抜け出して誰かに電話をしていることを注意されたことがあり、夫に愛人がいるのではないかと規子は疑った。しかし、〈半分外国人の妻〉とされる規子は〈極めて日本的な妻〉のように、自分の仕事を断って肺癌になった純夫の看病に〈献身的〉に専念していた。ユリ子は純夫のお見舞いに伺いたいと〈私〉に願う一方、規子は二人の再会をとめてほしいと〈私〉に頼んできた。〈私〉は規子の身の上話に感動を覚えたが、ユリ子と純夫を〈邂逅〉させる決断を下す。以上のように、この作品では、〈私〉によって演出された二つの〈邂逅〉が描かれている。他人の味わっている〈悲哀〉に〈喜び〉を見出そうとする〈私〉は、若き日からこのような汚い癖をもっている。決して主人公になれない〈私〉のこのような行動は、実は純夫に対しての愛あるいは女性としての「嫉妬」によってもたらされているのかもしれない。「嫉妬」という感情は第一話「偶然の悲哀」だけでなく、この短篇集を解読する最も意味深いキーワードだと考えられる。

「嫉妬」というものは、「嫉く」と「妬く」の二つの感情に分けることが出来る。むろん男性も嫉妬深さに陥ってしまう場合がたくさんあるが、「嫉妬」の両方とも「女」偏がついているように、「嫉妬」という感情は女性の遺伝子に組み込まれているという考えをもつ向きも多いかもしれない。つまり、女性の場合は理性的に行動するより感情的になりやすいだろう、と。なるほど、女偏に「疾」は、ヒステリックな気持ちを激しく打ち明ける女になる。女偏に「石」は、石のようにおし黙って、心底に潜む暗い情念を裏側で燃やす女になる。このように考えると、第一話の〈私〉は「妬」の感情に当たる。第二話「眠れない」では、結婚した女の心に元彼への未練がまだ残っており、大きな〈冒険〉を犯すかどうかと心乱れる女性の虚栄心が描かれている。この虚栄心の裏に〈不道徳〉の情念の炎を燃やしているのは、「妬く」の意識が働いているからだといっていいだろう。

第三話「歌舞伎役者」では女の視点から男を楽しむ、つまり金で男を買う〈役者買い〉のことが書かれている。第五話「女の名前」では、沢田桃子は妻子持ちの井上圭介と不倫関係に陥るが、いろいろな不満と疑いを持ち、一人で調べた結果、〈完璧に負けた〉と自分自身を咎める。この二作品における女主人公は、内心にある思いや不満などの情念を隠さず、その感情をそのまま外に剥きだしている。第九話「お年玉をくれた人」と第十話「ガーデンパーティー」もこのジャンルに入れられる。第九話では、炭鉱が閉鎖され、父親が職を失ったミチコの一家は、漁師町に引っ越して食堂を経営することになった。母はなかなかの美人で、食堂は流行っていた。正月にミチコは漁師たちからお年玉をもらえるが、網元の高橋から一万円札をもらったことで母親に怒られた。その背後に母の不倫があったことが考えられる。二児の母になった〈私〉は、娘が夫の部下の女から三万円のお年玉をもらったことにも怒っている。第十話では、夫の瀬本慎一に愛人が出来、〈私〉（美奈子）は捨てられる。慎一が再婚する案内状を目にした美奈子は、〈数々の苦難の末〉という言葉に刺激されて、自分が愛している慎一が名取香子に愛情を向けるのを激しく恨み憎む。それ以上に〈私〉が憎らしく思っているのは、パーティーに集まる人たち（結婚していた頃は〈私〉とも仲良くしていた元夫の友人）である。こうした女主人公におけるヒステリックな要素から見ると、この種類の作品では「嫉」の感情が強く現れているといえよう。

第六話から第八話まではまた女の心に潜む闇の世界を呈している。「年賀状」では葛西は部下の田村香織と不倫関係に陥り、まもなく別れることになったが、毎年平凡な〈暗号が込められている〉年賀状が葛西家に届く。恐ろしいことに、妻の美佐子の代わりに香織と葛西家三人との「家族写真」が写っている年賀状が届いてしまった。「白い胸」は今年四十四歳になる童話作家の北村多恵子における胸と男との記憶に関する話である。若き日の多恵子は広告代理店に勤めながら映画の脚本家を目指していた中村哲哉と知り合い、同棲することになったが、結局捨てられることになった。八年前に中堅作家の地位を得た哲哉は女優の高樹えり子と結婚した。偶然、多恵子はグラビアに載っているえり子の乳房の写真を目にする。そして、多恵子は一人目の子供を産んだとき、病院のベッドで開いた女性週刊誌で哲哉とえり子の離婚を知る。こうした「偶然」の出来事の裏に、好きな男に抱かれる若き日の自画像を永遠に追い求めている思いがうかがえよう。それは多恵子の心底に潜む嫉妬の情念あるいは羨望というほかない。第十一話の「姉の幽霊」では、姉（春子）は終生未婚であり、二十数年来、文知出版の会長の深沢の愛人として生きていた。〈私〉（奈津子）は大学を卒業するやいなや、同級生と結婚し、子供を作らないまま十年後に離婚した。昨日告別式だった姉は幽霊として現れて、深沢の別の愛人を探って欲しいと私に頼む。私は、編集プロダクションの社長の竹岡をとおして、深沢の愛人を探る。男のために、一生を棒に振った姉の純愛物語の人生が描かれている。この種類の作品では、心底にある「妬」の感情が細かく描き出されている。

以上のように、この短篇集の作品を二つの種類に分けることができる。日本語では「嫉」も「妬」も「ねたみ」を表すが、「嫉」（明かし型）と「妬」（隠し型）の区分ができよう。作者はこの短篇集をとおして、上に見える人には常に恨みや怒り、羨望などの感情を表し、下に見える人あるいは他人の〈悲哀〉には喜びを見出すという女の心底にある闇の世界を読者に訴えようとしている。

（武漢大学副教授）

『アッコちゃんの時代』
――小悪魔アッコちゃん〈バブル期の伝説〉と〈魔性〉性――

堀内　京

「アッコちゃんの時代」は、二〇〇四年九月から二〇〇五年五月にかけて「週刊新潮」に発表された。その後、新潮社より単行本化（05・08）され、文庫化（08・01）もされた。文庫版のカバーには本作について以下のような説明文がある。〈金と力のある男の欲望を受け止めてやるのは、若く美しい女の義務なのだ。私はそれに忠実だっただけ――。「地上げの帝王」と呼ばれた不動産会社社長の愛人を経て、女優を妻に持つ有名レストランの御曹司を虜にし、狂乱のバブル期の伝説となった女性、アッコ。彼女は本当に「魔性の女」だったのか。時代を大胆に謳歌し、また時代に翻弄された女性を描く、煌びやかで蠱惑的な恋愛長編。〉ここで注目したいところは、〈バブル期の伝説〉という部分と、五十嵐厚子（以下アッコちゃん）のもつ〈魔性〉性である。

林真理子は「アッコちゃんの時代」に限らず、〈バブル期の伝説〉をいくつかの小説で描いている。例えば『不機嫌な果実』（96・10）では、大学時代にバブルを謳歌し、その後結婚しながらも不倫を重ねる水越麻也子を、『ロストワールド』（99・03）では、バブル時代の寵児ともてはやされた不動産王の郡司と結婚、離婚をし、一人娘の日花里を抱えながら、自らのバブル時代（元夫との華やかな交際）をテレビドラマ化する脚本家の沢野瑞枝を描いている。どの作品にもバブル期の風俗と、その特異な時代を生きる女性の心情が事細かに描写されている。アッコちゃんには、実在するモデルがいることはよく知られている。モデルの女性については、「アッコちゃんの時代」が単行本化される際にもいくつかの週刊誌が取り上げているし、例えば、ナンシー関も次のように言及している。〈数年前から、私の周辺で、「A子（もしくはアッ子）」という女性（現在二十六歳ぐらい）のことが話題になっている。（中略）友人の放送作家の町山宏美は「ライフワークとしてA子の人生を見守りたい」とまで言っている。〉（ナンシー関「小耳にはさもう」「週刊朝日」94・09）このように、アッコちゃんは世間から注目されており、アッコちゃんらしき人物が出てくる物語もいくつかあるなかで、林真理子は〈どれもこれもステレオタイプな描かれ方しかしていないのが、どうも腑に落ちなかったんです。〉（「著者インタビュー『アッコちゃんの時代』「will」、05・11）と本作の執筆動機を述べている。

この小説を読むうえで確認すべき〈バブル〉の時期については「ロストワールド」に〈ある経済学者が総合雑誌に書いた文章のコピーである。彼はバブルというものを一九八五年から九一年までと定義づけている。「筑波博から湾岸戦争まで」というわけだ。〉とあり、「アッコちゃんの時代」におけるバブル期もほぼこれと重なる。また、この小説には実在する人物名やバブル期を象徴するような固有名詞が散見し、風物資料としての価値もあるだろう。

本テクストは、一四章から成る。物語は、アッコちゃんが四〇歳近くになり、（この時アッコちゃんは四年前に夫と別居し、中学生の息子の俊太と実家に戻っている）彼女をモデルに小説を書きたいという作家の秋山聡子から取材の依頼の封筒を受け取るところから始まる。その後は、文字通り〈バブル期の伝説〉が回想形式で描かれる。アッコちゃんには、濃密な関係を持った男性が四人いる。この男性たちを列挙することは、そのまま小説の構成を確認することにもなる。安藤高志（三、一〇章）、早川佐吉（二～六章）、五十嵐英雄（七～一一章）堀内（一二～一四章）。テクスト内のアッコちゃんの年齢は〈遊び場を渋谷から六本木に変えた〉短大時代から、実家に戻って中学生の息子の子育てからある程度解放され、東京の街に〈「カムバック」〉を果たす四〇過ぎまでである。

アッコちゃんが〈バブル期の伝説〉となったのは、その時代を象徴する男性と関係を持ったことが挙げられる。早川佐吉は〈地上げの「帝王」〉と呼ばれた早川興産の社長であり、出身地の山形弁を話すパンチパーマの〈五十を過ぎた、日本で何番めかの大金持ちという男〉である。元々は、アッコちゃんの短大の先輩である井上加代子の母邦子（銀座のママ）の愛人であったが、〈疑似家族〉にアッコちゃんを迎え入れるうちに彼は彼女に本気になる。二人で暮らすようになり、早川は彼女に腕時計を送る。〈ショパールの女もののそれは五百万以上する〉という代物であるが、周りの女の子たちは恋人にもっと投資してもらっていることを早川に冗談交じりに言うと〈「アッコはそんな女でねえ」〉という言葉が返ってくるばかり。早川はアッコちゃんへの執着を強め、〈粘っこい欲望〉を見せる。息抜きのために夜の街に出歩くアッコちゃんを探し回っては連れ戻す早川に嫌気が差し、また、早川のビジネスもうまくいかなくなり、二人の関係は破綻する。早川と別れたアッコちゃんは西麻布のイタリアンレストラン〈キャンテイ〉でそこの御曹司である五十嵐に声をかけられる。彼は〈最近は音楽プロデューサー、空間プランナーとして活躍中〉の人物である。〈ヨーロッパやアメリカに遊学した〉スマートな性格で、女優である妻については〈「僕の奥さんはすっごく頭のいい、できた女の人なの。僕の仕事も理解してくれてるし、アーティストにとって、何が一番必要かもちゃんとわかってる人」〉という物言いをする。アッコちゃんが彼の子どもを妊娠することで、女優とは離婚するが、五十嵐はアッコちゃんの妊娠中も浮気し、二人は別居に至る。アッコちゃんが四〇歳を過ぎて知り合った堀内は、〈外見はたいそう若く、いかにも〝おたく〟出身のＩＴ関連の社長〉という人物であるが、三度の結婚歴があり、四人の子どもがいる。安藤高志はアッコちゃんと学生時代から付き合い、慶応出身で銀行マンを経て証券会社に勤めている。〈本当に高志というのは、どうしようもないくらい〝いい人〟なのだと思う。以前はこうしたやさしさや穏やかさがもの足りなく感じたことがあったが、今となってみるととても貴重なものに思えてくる。（中略）日本で何番めかの金持ちと言われた男は、自分にたいしたものをくれなかったではないか。今をときめくプロデューサーと言われる男は、妻と別れてくれない。持っているものと、与えるものとは決して比例しないということを、さんざん思い知らされてきた〉というように、五十嵐と結婚するまで高志との関係は切れておらず、アッコちゃんが最も愛していたのは実はこの高志なのだということが読み取れる。〈バブル期の伝説〉と言われながらも、アッコちゃんは全てを手に入れた女性というわけではない。

最後にアッコちゃんの〈魔性〉性について触れる。五十嵐の紹介でアッコちゃんに会ったユーミン（松任谷由実）は、彼女に会うなり〈「お、魔性の女！」〉という言葉を発する。アッコちゃんの〈魔性〉性とはどのようなところにあるのだろうか。彼女は生きる術を知っている。モデルや女優になれる美しい容姿を持っていても、〈自分の若さと美しさを金に換えない女には、男たちはいくらでも奉仕してくれる〉ことを悟っており、〈自分は愛人たちから、あの男を奪ったことなど一度もない〉という自負がある。周囲から〈魔性の女〉と評されるアッコちゃんだが、当の本人は〈本当に自分は損をしている〉と感じている。しかし、そうであっても逞しい生命力を持って生きるのがアッコちゃんである。作家はあくまでも女性の目線で〈バブル〉を生きるアッコちゃんの心情を繊細に、そして率直に描いているところにこの小説の魅力があるだろう。

（千葉大学大学院生）

幸福な女優——『ＲＵＲＩＫＯ』について——

佐藤秀明

日活のトップ女優だった浅丘ルリ子の四歳から六十七歳までを描いた実名小説『ＲＵＲＩＫＯ』は、一体何を書いた小説なのだろうかと考えてしまう。小林旭との共演と恋愛関係、蔵原惟繕監督が撮った石原裕次郎との「憎いあンちくしょう」、三島由紀夫原作の「愛の渇き」での悩ましい肢体、レコード「愛の化石」のヒット、「2丁目3番地」「3丁目4番地」などのホーム・ドラマ、石坂浩二との結婚、キャバレー歌手リリーを演じた「男はつらいよ」シリーズ、蜷川幸雄演出の舞台出演など、小説を読んでいるとアトランダムな記憶がうまく繋がっていく。映画界芸能界の舞台裏も鮮やかに見せてくれる。とはいえ、作者林真理子がこの業界に通じている訳ではないのだから、資料と取材に頼った小説で、事実と虚構の区別がつきにくい。だが、事実と虚構の区別が成り立たないのが芸能の世界である。役柄と実生活、台詞と生身の感情とが入り混じる経験を、この小説のルリ子（実名・浅井信子）もしている。『ＲＵＲＩＫＯ』は、読み手にもこの曖昧な現実の受容を課しているのである。したがって、どこまでが事実なのかなどという問いを発してはいけないのだ。

「野生時代」（06・12〜〜08・2）に連載され、二〇〇八年五月に角川書店から刊行され、のちに角川文庫に収録された『ＲＵＲＩＫＯ』の題材は、角川グループホールディングス会長の角川歴彦からの提案だという。だからといって、林真理子のモチベーションが消極的であるとは言えない。それにしても浅丘ルリ子は、嫉妬もしないし、我を主張することもなく、他の俳優の悪口も噂も口にせず、映画作りに理屈を捏ねることもなく、不満もあまり漏らさない人のようだ。恋愛遍歴はあるものの、暴露して人間性が割れるような堅固な秘密があるわけでもない。そんな女優に小説がどう斬り込むかは難しい。しかし、これまで『ミカドの淑女《おんな》』『女文士』『白蓮れんれん』と評価の高い評伝を書いてきた林真理子は、『ＲＵＲＩＫＯ』も一気に読ませる小説に仕立てた。この駆動力が何なのかは、一読再読した程度では分からない。

　結論めいたことを先に記せば、同時代の俳優や監督との関係を配置した横糸と、信子を女優に育てサポートを続けた父浅井源二郎の存在を縦糸にした構図が『ＲＵＲＩＫＯ』にはあり、この構図が終始一貫していたところに小説の小説たる理由が存するようである。

　父の浅井源二郎は東亜同文書院で学んだエリートの中国通で、満州国の官吏だった。作者の手腕は、源二郎と満州映画協会理事長の甘粕正彦とを出会わせたところにある。二人に交流があったかどうかは定かでないと作者は言うが※、『ＲＵＲＩＫＯ』刊行後に出た自伝『女優　浅丘ルリ子　咲きつづける』（主婦の友社、13・11）には、「甘粕正彦大尉と一緒に写真に写ったこともあると知りました」とあり、この設定に一定の信憑性が認められる。言うまでもなく、甘粕正彦は関東大震災のときに大杉栄と伊藤野枝を虐殺した不気味な男として知られている。しかし、小説での満映の甘粕は、目つきこそ鋭いものの、源二郎と気さくにことばを交わす人であり、終戦時には満映社員とその家族の引き揚げを助けた人物として描かれている。そんな甘粕が幼い信子の大きな目に惹かれ、源二郎にぜひ女優にしてほしいと繰り返し頼んだのが、縦糸として生きている。

　横糸として重要視されるのは、小林旭、石原裕次郎、美空ひばりの三人である。特に石原裕次郎と美空ひばりは、この世界での別格の存在として扱われており、ルリ子を加えたこの四者の関係は甚だ微妙である。裕次郎に密かな憧れと恋心を抱いているルリ子は、裕次郎からは巧みにかわされ、小林旭と深い関係に入っていく。一方裕次郎を凌ぐ観客動員数と人気を誇る小林旭は、しかし裕次郎には敵わないと冷静に自己を観察しており、ルリ子と別れた後には、大スター美空ひばりからの求婚を受け入れることになる。意外に素朴で人なつこいひばりは、ルリ子を頼りにして真情を打ち明けるまでになる……。

この小説の終わり近くで、病に冒された美空ひばりの東京ドームでのコンサートをルリ子が見る場面がある。

ああ、スターと呼ばれる人は、もはやふつうの人間ではないのだと思う。こうしたひとときのために、神からつらい宿命を負わされる。この世では決して幸福になれない人。それが真のスターだ。

それならば、自分がいつもこれほど幸せでいられるのは、本当のスターではないからであろうか。それでもいいと信子は思った。自分はおそらく裕次郎やひばりのようにはなれないだろう。つらい宿命も不幸もない代わりに、これほど陶酔するひとときも得られないはずであった。

が、それでも生きていく、と信子は心に決める。老いても、おちぶれても生きていく。ずっと幸せなままで。自分はたぶんずっと幸福でいられるはずだという確信がある。

『RURIKO』は、別格な石原裕次郎と美空ひばりを置くことで、浅丘ルリ子を客観的に見る視点を導入した。ここには幸福に満足する諦念とともに、「真のスター」との間にある残酷な全き距離が描き出されている。それは、「裕ちゃんは確かにすごいよ」と何度も言う小林旭にも共有するものだ。浅丘ルリ子を主人公に据えて、この絶対的な距離を描いてしまった冷徹な目は、書いてしまった作者の責任に属する。「神からつらい宿命を負わされ」た「真のスター」という本質主義的思考には、ロマン主義の大袈裟な天才神話や東洋風の神秘主義あるいは形而上学が働いているわけではない。それでも、裕次郎のスケールの大きな仕事の構想と無一文になるのも怖れずに挑む人間的な大きさは確かに描かれている。美空ひばりの戦後歌謡史に残る偉大な歌手人生にはそれほど触れてはいないが、母親の傲慢、弟の不祥事を背負いながら、孤高のその名がひばりの大きさを物語っている。解離性動脈瘤の手術を受け、入退院を繰り返して逝ってしまったために、悲劇的な要素が裕次郎を偉大な映画人にしていることは争えない。両足の骨が壊死して、ほとんど歩行不可能になり、深酒による肝機能の低下も加わって、ひばりの東京ドームのこけら落としには落日の悲壮感さえ漂う。ルリ子が彼らとの距離を自覚したとしても、見方によっては悲劇の余燼の只中にいるとも言えそうなのだが、しかし『ＲＵＲＩＫＯ』は悲劇を描いた小説ではないのだ。幸福な女優――これこそは横糸の石原裕次郎や美空ひばりとの厳然たる位置取りであり、それがまた、女優として花開かせその幸福をも願った父源二郎の統べる縦糸の生き方にほかならない。この小説は、女優人生をエピソードを連ねて綴った小説ではなく、縦糸と横糸の構図によって見通された人間観の表現なのである。人間を冷徹な目で捉えてバランスよく全体を描くのが文学の役割の一つだとすれば、『ＲＵＲＩＫＯ』は紛れもなく一女優の人間を描いた文学にちがいない。

しかし、裕次郎にせよひばりにせよ、所詮相対的に大きな存在にすぎなかったこともまた疑いえない。自伝『女優　浅丘ルリ子　咲きつづける』にはほとんど読むべきところなどないのだが、浅丘ルリ子が自分の格付けなど気にするふうもなく、一つひとつの仕事を大切にしているさまが具体的に出ていて心打たれる。それは小説『ＲＵＲＩＫＯ』にはなかった、『ＲＵＲＩＫＯ』に対する批評としての人間観にちがいない。

（近畿大学教授）

※　楽天ブックス、著者インタビュー（http://books.rakuten.co.jp/event/book/interview/hayashi_m/）

『綺麗な生活』——本音の物語——

綾目広治

林真理子の名を世に知らしめた本は、一九八二年に刊行されたエッセイ集『ルンルンを買っておうちに帰ろう』（以下、『ルンルン』）である。処女作には作家の総てが萌芽の形で含まれているというのは、必ずしも真理ではないが、林真理子の場合には結構当たっているだろう。林真理子の書き物の魅力とは本音を臆するところ無く言ってのけるところにあるのだが、それを意識して実践しようとした本が同書だったのである。たとえば同書で、「私はいつもいちばんでいたい。／私より目立つ女は許せない。／私だけがひとにチヤホヤされたい」、あるいは「この頃やっと結論をくだした。／私ってお金と名声が大好きな女なんだ」というふうに語る。

「ひがむ一方だった女」たちの本音を、つまりは「ヒガミ、ネタミ、ソネミ、この三つ」を含んだ本音を、明け透けにまた時には笑いの要素も織り込みながら、ズバリと語ってみせたところに、『ルンルン』がベストセラーとなった成功の理由があった。また、林真理子は小説においても本音を出そうとするのではないかと思われる。これを言い換えれば、真杉静枝を主人公にした『女文士』（95刊）などの伝記小説を含めて、林真理子の小説の主人公たちの多くは、本音に忠実に生きている人物たちだということである。本音に忠実だということは、自己の願望、欲望に忠実であるということだ。もちろん、本音の実践がおおっぴらになって目に付くようになると社会生活に支障をきたすから、それは秘密裡に行わなければならない。たとえば、第三二回吉川英治文学賞を受賞した連作短編集『みんな秘密』（97刊）は、その秘密裡に行われる本音の物語で構成されている。『綺麗な生活』（07刊、マガジンハウス）の物語も、本音が語られた物語という点において共通している。

――主人公の唐谷港子《からたにみなこ》は、芸能人などの有名人も利用する「タニ・クリニック」という整形外科に勤めている三十歳の女性である。港子には「テーブルコーディネイター」として知られている母のゆかりがいるのだが、五十歳を超えた母は夫との関係がうまくいっていなく、母には建築家として有名な大月雄也《おおつきゆうや》という愛人がいた。大月雄也にも妻子がいたのだが、その息子の大月泰生《やすお》と唐谷港子は恋仲になってしまうのである。芸大の大学院生でもあった泰生は港子にとって年下の男性であった。泰生は若い女優の早田梨奈《はやたりな》と付き合っていたのだが、その人気絶頂の女優の方が泰生に熱を上げていたのである。それは、泰生がモデルのアルバイトをするくらいの容姿端麗な美青年だったからである。「泰生の美貌は、モデルとして活用利用されることによって、さらに磨きがかかっているようである」と語られ、唐谷港子は「なんて綺麗な男なんだろう……」と思うのである。

二人の恋愛感情はいよいよ高まっていったのだが、泰生がバイクに乗って港子に会いに来る途中、交通事故に遭う。命には別状無かったが、泰生の顔半分は潰れてしまう。あの「美貌」が台無しになったのである。「泰生の顔の右半分は赤黒く変形していて、えぐれたようになってい」た。港子はその顔を見ても当初は、「どんなことをしても泰生を失いたくない」という思いを持っていたが、すぐにこう思うようになる。「港子は思う。自分はとても嫌な女なのではないかと。（略）／泰生のことが愛せなくなったのだ。彼の顔が傷つき、だぶついた体になってからというもの、もう以前のような気持ちにはなれないような気がするのだ」、と。そして港子は、泰生にこう語る、「こんなはずじゃなかったのよ。私、ヤスオをずっと愛せると思ってた。（略）だけどまるっきり違ってた。心が全然別のところへ行っちゃったのよ」と。そして港子は、自分こそ聖書に言う「心の貧しい人間」ではないかと思うものの、泰生への愛情は戻って来ることがなかった。――

やや詳しく梗概を見てきたが、読者は『綺麗な生活』を読んで谷崎潤一郎の『春琴抄』の物語を連想するかも知れない。たしかに恋人の美貌が失われる話ということでは、両小説には共通するところがある。しかしながら、決定的に違うのは、『春琴抄』では春琴が容貌を熱湯で崩した後、佐助は自らの眼を針で突いて春琴と同じように盲目となり、春琴の変わり果てた容貌を見ることを封じることで、春琴への自らの愛を全うしたのに対して、『綺麗な生活』では美貌を失った泰生に対して港子の愛は冷めるのである。もちろん、もしも春琴が盲目でなかったならば、果たして佐助は眼を突いて自らも盲目になるという行動を取ったかどうかはわからない。だが、そういう問題はあるものの、『春琴抄』が佐助と春琴との愛を言わばイデアの域にまで高めようとした物語であることは間違いない。他方、『綺麗な生活』はそのように愛を昇華しようとする物語ではないのである。

今、『綺麗な生活』を『春琴抄』と比較してみたが、実は『綺麗な生活』は、谷崎潤一郎が『春琴抄』を書くにあたって参考にしたとされる、トマス・ハーディの『グリーブ家のバーバラ』との類似点の方が多い。まず、美貌の持ち主が男性（ウィローズ）であり、女性（バーバラ）はその美貌にこそ心を奪われたという点において共通し、ともに事故（『グリーブ家のバーバラ』の場合は火事、ただしウィローズは人々を助けようとして顔を負傷したのである）で顔貌が一変して、バーバラはその顔貌を見て衝撃を受け、変貌した顔を見ても心は変わらないとそのすぐ前には言っていたにも拘わらず、やはり変心してしまうところも似ている。つまり、バーバラは唐谷港子と同じく、恋人の男性に対しての彼女の愛とは、端的に恋人の美貌への愛だったのである。『グリーブ家のバーバラ』では、以前よりバーバラに言い寄っていた男と、その後バーバラは結婚することになるが、結婚後もバーバラは美貌だったウィローズの彫像を夫に隠れて愛《め》で慈しむ場面があることからも、そのことがわかるであろう。『グリーブ家のバーバラ』では物語の終わりに、バーバラが亡くなった後、主席司祭が「外形の美のみに惹かれ、官能的な愛に溺れることの愚かさを力説した」と語られている。むろん『綺麗な生活』にはそのようなことは書かれてはいない。泰生と別れてしまったことについては物語の最末尾で、港子は「取り返しのつかないことをしたとは全く思わなかった。ただ心が今次第に空っぽになり、冷たくなっていくのを感じた」と語られているだけである。

唐谷港子は、大月泰生との恋の前には同時進行形で二人の男性と性的交渉を含めての付き合いもあったように、決して初《うぶ》な女性ではなかったのだが、しかし港子が泰生の美貌に惚れ込んだのは本音からのものであったし、その美貌が崩れると気持ちが退《ひ》いてしまったのも本音であった。『綺麗な生活』は湊子のその本音が素直に語られている物語である。それは泰生に対してだけではなく、他の男性との付き合いに関してもそうである。そして、ただ単にそうであるだけなのである。だから、その本音はそれでいいのか、問題は無いのか、人として許されるのか、その本音は自分の人生にとって本当に意味あるものなのかということなどを、唐谷港子は考えようとはしないのだ。だから物語に深みが無いのである。

先に唐谷港子にはすでに二人の男性との恋愛が同時進行していたことに触れたが、その場合でもその付き合いで葛藤したような様子は無い。都市生活の表層で欲望に素直に生きているだけなのだ。かつて集英社版の文庫本『白蓮れんれん』の解説で菅聡子は、「林真理子の小説の女性たちは、従来、女性が持つべきではないとされた欲望を露わにし、その欲望に正直に生きる」と述べたことがある。たしかにそうであり、それが本音を出して生きるということだ。ただ、『ルンルン』とその後しばらくの時代には、そのことに意味があったが、もはや今日は『綺麗な生活』のようにそのことを語ることに意味は無い。今はそのことを対自化すべき時代であると思われる。

（ノートルダム清心女子大学教授）

仰ぎ見る女たち――『下流の宴』――東雲かやの

『下流の宴』は、二〇〇九年三月一日から一二月三一日まで「毎日新聞」に連載された。朝刊で読むにはなんとも刺激的なタイトルと思われるが、二〇〇四年には「負け犬」が、二〇〇五年には「富裕層」が、二〇〇六年には「格差社会」が「ユーキャン新語・流行語大賞」でトップテン入りを果たした二〇〇〇年代の時流を考えれば、経済力や価値観で人間の評価を切り分けるような表現に抵抗を感じた読者は案外少なかったのかもしれない。一九九〇年代末の「中流崩壊」以降、誰かと誰かの生活を相対的に眺めて格付けするようなまなざしと身振りが解放された。そのような風潮を補強し煽ったのは、さまざまな媒体に躍るマスメディアの言説だったといえるだろう。また、新聞の読者なら、読み始めてすぐに、本作が決して特権的な位置から他を見下そうとする方向性にないことも悟ったに違いない。文庫版の末尾に収められた桐野夏生「解説　中流の本質」でも指摘されているとおり、『下流の宴』の中心に描かれているのは「上」でも「下」でもなく、客観的に評価するならばいわば「中流」の家庭である。

林真理子らしく、本作には記号化された小道具や王道的な固有名詞が散りばめられている。そのおかげで、読者は冒頭から、福原由美子という人物の生育環境や生活志向をはっきりと掴み取ることができる。

松の飾りが取れた日曜日の午後、福原由美子はダイニングテーブルで手紙を書いている。白い便箋にボールペンではなく万年筆を使う。今の世の中、メールではなく手紙を書く相手といったら、よほど気の張る人物ということになる。由美子の場合その相手は実の母親だ。（……）たとえ身内でも、金や物品のやりとりがあった時は、きちんと手紙で礼を言えというのは、今年七十三歳になる母親の教えであった。

〈松の飾り〉や〈万年筆〉、〈母親の教え〉、どれも由美子の育ちの良さと、その習慣を保持し続けようとする誇り高き姿勢を示す記号として機能している。由美子は、決して「上流」、「富裕層」の妻ではない。〈うちのような普通のサラリーマンの家〉と明示されるとおり、〈二人の子どもを私立に通わせることは出来ない〉と頭を悩ます経済環境の「中流」家庭である。その生活の中で由美子の矜持を支えているのは、早くに亡くなった自分の父が医者であったこと、自分が〈努力〉して国立大学を卒業していること、夫が早稲田卒であること。アパート暮らしを経てマンションに移り、ついには自分の家を建てて〈安穏な老後〉を手に入れた母・満津枝の〈成功譚〉に倣い、「上昇」のチャンスは自らの〈努力〉によって獲得するものと由美子は考えている。由美子にとって学歴はその証であり、〈松の飾り〉や〈万年筆〉といった冒頭の小道具は、由美子が自らの〈努力〉によって保持し、身体化させた上流志向を象徴している。由美子のいる〈福原家〉の矜持は、貯金額、一戸建て、ブランドものといった単なるモノの描写では掬い取れない、振る舞いや〈努力〉によって保たれているのである。

そのような矜持の裏返しとして、由美子は〈生まれつき努力を放棄した人たち〉を「下流」と位置付け、〈「あっちの人たち」〉と呼んで蔑む。由美子の最大の悩みは自分の長男・翔が高校を中退してフリーターとなり、さらには〈あっち〉側の〈ひどい娘〉・珠緒と結婚しようとしていることであった。さらに、翔とは正反対に見栄っ張りで上昇志向の強い長女・可奈の就職と結婚も、順調には進まない。皮肉なことに、由美子の言動によって新たな人生を手にしたのは、彼女が忌み嫌った〈あっち〉側の娘・珠緒である。由美子の言葉に傷つき、奮起した珠緒は、医大合格に向けて自ら〈努力〉を重ね、その目標を見事に達成したのだ。

『下流の宴』は、由美子の属する「福原家のこと」、珠緒の属する「宮城家のこと」が交互に一五章まで展開する構成である。しかし、「〜家」という表現から想像されるような、各々の家族像はあまり描かれていない。「家」は家族という一つの集合体というよりもむしろ、個人の所属を指す言葉として機能している。その両家を代表するのが福原由美子と宮城珠緒という二人の女性である点はたいへん興味深い。かつての日本社会において、家長＝「イエ」の代表者となり得たのは男性であったはずだ。イエのために奮闘するのは男たちの仕事だったのである。しかし、『下流の宴』における男たちの存在感は極めて薄い。中心に描かれるのは由美子、珠緒、可奈という三人の女たちの視点であり、「階級」の上昇や維持に心を砕き行動を起こすのもまた、その女たちである。なりゆきに身を任せることを得策とする由美子の夫・健治や息子・翔と、自ら上昇運動に励む由美子・珠緒・可奈のコントラストは実に鮮やかだ。

三人の中で最もわかりやすい上昇志向を抱いているのは、由美子の長女・可奈である。誇りや育ち、品格を重視する由美子と、母から授かった言葉を大切にし、愛のための〈努力〉を惜しまない珠緒は、目に見えないものを自らの拠りどころにしている点においては共通している。しかし、可奈の価値観はこれらとは根本的に異なる。

（……）どういう結婚をしたいのかと問われれば、可奈には明確なイメージがある。

「ものすごくいいカシミアのカーディガンをさらっと羽織って、青山の紀ノ国屋インターナショナルで買い物をしている主婦」

そして高級食材を満載にしたカートの傍らには、あたりの私立小学校の制服を着た子どもがいなくてはならない。

母・由美子の価値観が〈松の飾り〉や〈万年筆〉、〈母の教え〉など歴史的な正統性を背負う記号で表されるのとは対称的に、可奈の価値観は〈ものすごくいいカシミアのカーディガン〉、〈青山の紀ノ国屋インターナショナル〉、〈私立小学校の制服を着た子ども〉などモノの金銭的価値と直結している。〈ママのようになるもんですか〉と〈本気で思〉い、〈母とは比べものにならないほど豊かで充実した人生〉を求める可奈は、自らの父母を矜持の核に据え、最後には孫に期待を寄せる由美子とは正反対に、自分と父母との分断を前提とした「階級」上昇を夢見ているのだ。

そんな可奈の周囲に存在する〈エリート〉たちは、〈その中でまた厳密に区分けを始める〉。東大院卒をつかまえては学部からの進学か否かを気にし、慶應大卒が数人集まれば〈ちゃんと受験で入った奴とを区別してほしい〉と話す。いわゆる「マウンティング」である。〈東京ミッドタウン〉に通勤する栄誉を手にした可奈も、正社員／派遣という〈区分け〉において軽んじられるが、それは〈出張で国際線のビジネスクラスに乗る女〉などはなから目指さず、〈ビジネスクラスで家族旅行に出かける女〉の〈実現性〉に賭けた戦略でもある。偏差値よりも〈知名度や華やかさ〉で大学を決めた可奈は、下位の立場を巧みに利用する狡猾さも備えた人物だ。

こういった〈区分け〉のディテールが放つ生々しさは時に目を覆いたくなるほどだが、その俗物性こそが本作の、林真理子の真骨頂といってよいだろう。そして、結局のところ上・中・下の格付けは、実際の経済環境や血縁関係に関わらず、語る者の視線の行方に左右されるものなのだと気付かされる。「上」を目指す者はつまり、今「下」に位置していると自覚する者なのだ。このような視点で「下流の宴」というタイトルを眺め直せば、それが辛辣で揶揄に満ちたものでなく、自らの人生を「上」へ引き上げようと不恰好にもがく者たちの生き方を肯定するエールであるようにも感じられるのである。

（早稲田大学大学院生）

「秘密のスイーツ」論——昭和十九年の蒸しパンの味——

山田吉郎

林真理子「秘密のスイーツ」は、ポプラ社の雑誌「asta*」二〇一〇年六月号より十二月号まで連載され、同年十二月、ポプラ社より単行本として刊行された（児童書と一般書の二種類の形式で刊行、挿絵はともに、いくえみ綾）。その後、同社ポケット文庫（13年7月）に、ついでポプラ文庫（同年8月）に収録されている。それぞれ年代の表記やルビその他に若干の変更が見られるが、本稿の引用は、ポプラ文庫に拠ることにする。

さて、「秘密のスイーツ」は、小学校六年の不登校の少女村田理沙が昭和十九年に生きる少女と交流し、成長する過程を描いた作品である。理沙は、両親が離婚し母と二人暮らしで、〈五年生になったころからむくむく太ってきて〉からかわれるようになり、〈学校に行く気がすっかりなくなってしまった〉少女である。そして母は、〈もうこの町を出て、おじいちゃんとおばあちゃんのいるところに引っ越しましょう〉と宣言するのである。しかし、転校先でもからかわれ、不登校になっていたある日、理沙は母と喧嘩し、小さな神社の石の柱の壊れかけた穴に、母の携帯電話を隠した。帰宅後、自分の携帯で呼び出すと、突然知らない声が答えたのである。

この穴を通路として携帯電話が渡り、昭和十九年を生きる中森雪子との交信がはじまる。お互いに秘密にしようと約束したこの交信の中で、理沙に今までにない変化が見られはじめるのは事実である。不登校であった理沙は、雪子に自分の通っている小学校を写真に撮って見せる必要から登校するようになる。また、昭和二十年に日本が戦争に負けることを理沙が雪子に話した折り、雪子が〈しくしく泣き出した〉のを知り、〈こういうことって言わないほうがいいんだ〉と思うところなどに、理沙の成長が見てとれるのではなかろうか。

やがて話題が食べ物に移った折り、新たな展開を見せはじめる。雪子が〈森永のキャラメル〉を〈ひと粒でいいから食べてみたいの〉と言うと、理沙は〈なんだか涙が出るくらい、せっぱつまった気持ちになった〉のである。こうして理沙は昭和十九年の日本に暮らす雪子に、石柱の穴を通してせっせとお菓子を届けるようになる。

このように本作品では、いわゆる〈タイムトリップ〉のような現象が描かれるわけだが、この種の作品に見られる想像力のひろがりはさほど感じない。理沙と雪子との間に小さな秘密の通路があるとはいえ、二人はそれぞれ別々の世界に生きており、そこから脱け出せるわけではない。小さな携帯電話とお菓子、手紙などが往き来できるだけである。しかしながら、そのようなきわめて限定された交信が、主人公理沙を変えてゆくのである。それは昭和十九年を生きる子どもたちの悲惨さを、雪子との会話や手紙から知りえたためであろうが、さらに向こう側から届けられた「物」が重要と思われる。その意味で、作者自ら本作品の「あとがき」で連載中に起こったチリの鉱山事故（地下に閉じ込められた人々にパイプを通して物資が運ばれた）に言及しているのは示唆的である。

雪子から石柱の穴を通して届けられたものは、携帯で撮影された写真を除くと、おおよそ三つある。雪子が食べていた蒸しパンと、雪子の書いた手紙、それに物語の終わり近くで〈絶交〉してしまった雪子から携帯電話が返却された際、電話機に巻きつけられていた紙片である。その紙片には〈日本は絶対に負けない〉と記されていた。これらのうち手紙については、花模様の封筒を友人の沢田が見て、〈でも、この封筒、古くさくないか〉と言い、同じく真由子が文字の旧仮名遣いを指摘し、理沙は雪子との秘密が知られるのではないかとドキリとする。また、最後に雪子から届けられた紙片の文面も、戦時に暮らす雪子との根本的な考え方の違いを鮮明にしている。このように、雪子から届けられた手紙や紙片も物語のリアリティを高める役割を果たしているが、私見によればもう一つ、雪子から届けられたフスマの混じった蒸しパンの小片が重要であると考えられる。

理沙が雪子におやつの〈とりかえっこしない〉と提案すると、雪子は〈あんまりおいしくないと思うの〉と答えながらも、蒸しパンを理沙に届ける。

夕暮れのうすやみの中、『村上石材店』の石の柱の横の穴に、白っぽいものを見つけた。／ティッシュかと思ったが、ずっと黒い色でごわごわしている。その紙で、大切そうにくるまれているのが、四角い小さなパンのかたまりだ。紙と同じようにうすよごれた色をしている。ボソボソした粒は、まるでレンガの切り口みたいだ。蒸しパンの話を聞いていなかったら、とても食べ物とは思わなかっただろう。／ひと口かじってみる。／「うっ、うっ、ヤダ、これ！」／すぐに吐き出した。甘みも何もない。食べたことないけど、金魚のエサを固めて食べたら、こんな感じなんじゃないだろうか。／「わっ、まずい。ぺっ、ぺっ」／口の中から全部吐き出した。（略）／「かわいそう……」／本当に心からそう思う。

この物語の中で、向こう側の世界のものが視覚、触覚、味覚を通して最もこまやかに描かれている場面であると言ってよいであろう。石柱の穴を通して送られてきた蒸しパンの小片は、理沙の感覚を通して、こののち理沙の生き方に変化を与えてゆく。その理沙の変化の中で最も劇的とも言えるのが、遠足でバーベキューをした時のできごとであろう。うまく飯が炊けなかったグループの女の子が、それを水際へ捨てようとした時のことである。

女の子の一人が、はんごうを持って水ぎわまで行く。そしてさかさにして、中のご飯を捨てようとする。／「ダメー！」／理沙は叫んでいた。／「そんなことしちゃ、絶対にいけないと思う」／まわりのコたちは、いっせいに理沙を見る。

この自分の言葉に最も驚いたのは、実は理沙自身であった。つまり思考よりも行動が先に現れた形であるが、理沙は〈わかっている。このあいだ、雪子の信じられないくらいまずい蒸しパンを食べたからだ〉と考える。そして、この思い切った行動から、理沙は真由子と沢田という二人の友を得ることになる。また後に理沙は、雪子が友だちにお菓子を分けるのに反対しなくなるが、これも蒸しパンの味を知って考えが変わったためである。

やがて年があらたまり（雪子の住む世界では昭和二十年になる）、理沙はお菓子を買って送るよりも、自ら造って送ろうと思い立つ。その時の理沙は、〈今まで人に頼ろうなんて思ったこともないのに、真由子はきっと手伝ってくれるととっさに思ってしまう〉ほどに、他者を信頼し心を開くようになっている。

その後理沙は、雪子の住む町が三月二日に空襲を受け、二百人以上の人が亡くなることを知る。理沙は電話で〈雪子ちゃん、早く逃げて〉とうながし、日本が焼け野原になり負けることを告げると、雪子は激しい口調で、〈日本が負けるなんて、あなたはそれでも日本の国民なのかしら〉〈あなたを見損ないました〉と断言する。こうして、雪子の持っていた携帯電話は石柱の穴の中に返却され、〈絶交〉へと至るのである。

結末では、雪子は真由子の親戚で、戦争を生き延び、ブラジルに移住していることが分かる。その雪子に理沙は手紙を書く。雪子から届いた返事には〈やっぱり二人だけの秘密にしましょう〉とあらためて記されていた。

「秘密のスイーツ」は、児童文学作品にふさわしく少女理沙の成長の物語を枠組みとしながら、そこに部分的にタイムトリップの発想が組み込まれた作品である。とくに石柱の小さな穴を通してのみつながるという設定が効果的であり、届いた蒸しパンのもたらす感覚表現がリアリティーを生み、主人公理沙の心を動かしてゆく力をもったと言える。タイムトリップという発想の裏に、実は作品構造にリアリティーをもたらすべく緻密な配慮がなされていると考えられるのである。

（鶴見大学短期大学部教授）

『アスクレピオスの愛人』――「完璧な女」と医師たち、四十女たち――細谷　博

『アスクレピオスの愛人』（「週刊新潮」11・7～12・4、新潮社12・9刊）は、脳外科医・佐伯志帆子と彼女をめぐる男性医師たちそして女性たちの話である。WHOのメディカル・オフィサーという重責を担う志帆子は雑誌で「世界で活躍する日本女性十人」に選ばれるほど有能な女医であるが、かつまた、四十代後半でありながら見る者の目を奪う女性美の持主とされる。作者自ら「平成の『白い巨塔』を書け」との示唆を得て執筆したと付記するごとく、医学界の実態暴露を旨とするとともに、「とてつもない才色兼備」の志帆子（シーナ）を中心に置くことによって、周囲の男女の生き方を炙り出し、仕事と愛について考えさせようとする一篇といえるだろう。

あらすじは以下のとおり。志帆子は、少女時代両親の不仲に苦しむが、妹を脳腫瘍で亡くしてから医学を志し、研修医仲間の斎藤裕一との間で妊娠し結婚して七年前に離婚、娘・れおなは斎藤が養っている。斎藤は、志帆子の無理解と町医者の父の反対に抗して美容外科医となり、銀座で美容整形病院を経営する成功者となった。斎藤の後妻・結花《ゆか》は、四十近くになって美容外科医の妻となる幸運に恵まれた元CA（キャビン・アテンダント）で、二度の流産を経験。斎藤に自分より年長の愛人・深沢怜がいることを知った裕花は、金持ち相手の白金ソフィア病院で不妊治療をうけて妊娠に成功するが、医療過誤で赤ん坊と共に死ぬ。

ソフィア病院経営者の小原俊矢は東北の名もない病院再建から始めて、東京の大病院を買い取り黒字に転換、

次々と病院を傘下に収め、潰れかかった信州の単科大学を買収して東京校を開校、医学部設置認可目前という「医学界の風雲児」で、志帆子と愛人関係にある。妻に対する医療過誤でソフィア病院を訴えた斎藤は、後に、志帆子と小原との関係を知り、裁判をやめるよう説得に来た志帆子をなじる。だが、娘・れおなも母・志帆子の愛人関係に気づいた上で父を説得し、結局斎藤は和解に応じる。

一方、放射線技師と看護婦だった両親の悲願を受けて医師となった村岡進也は、同じく医師である妻・仁美とのめぐまれた生活に満足できず、医師としての生き方を模索している。村岡は志帆子の理想を追う姿に引かれてその下で一月働き、志帆子の女性美に魅了され男女の関係を求めるが、突発した大地震の中で敢然と使命を果たそうとする志帆子に打たれ、「あなたの思うままに、僕を使ってください」と告げるに至る。以上である。

では、はたして医学界の実態追及小説としてはどうか。医者は金か名誉で動くものであり、医者には東大出かそれ以外の二通りしかない、金が欲しい医者はさっさと開業し大学病院に残る医者は名誉欲ゆえ、医者は医者以外の言葉を信用しない、書類の書き方ひとつで病院への補助金が左右される、医者一人つくるには一億円以上かかり、死亡事故マニュアルで「申しわけない」は禁句、非常勤医師でも高給を取り、銀行の信用や製薬会社の援助も厚い等々、要するに医師という職業がどれほど有利で儲かるものであるか、さらに医師たちがどれほど貪欲で、すなわち人間的であるかということに筆が費やされている。加えて、WHO職員たちの献身と欲望発散法の具体から、産婦人科医の手の使い方で分かる学閥の違い、医療訴訟の現状や、美容外科医における愛人の役割、美容施術のごまかし等にまで話は及ぶのである。おおよそ予想どおりの実態とも言えそうだが、読者には興味深くもあり、また、嘆息も漏れるだろう。しかし、それらは俗耳に入りやすい業界の裏話に留まるのみで、医学界の問題の核心を衝くような追及はなされず、志帆子一人がいかに有能で美しく、成功者の愛人を持ち、若い医師らも魅了しているか、ということの方が前面に出るのである。

志帆子は、強い神をもたない日本人はせめて「理想」という「自分だけの小さな神さま」を持たなければ何もできないと説いて、若い医師らを引きつける。だが、志帆子を崇拝する「シーナの会」の面々も、「日本にいる限り医者はやはり高収入」という現状を捨ててまで医療貢献を決意するというわけではなく、村岡進也も迷いの中にいるのである。志帆子自身も名声を得ることで「理想という神を大切にしながらも、現世での成功も着実に手に入れ」、さらに複数の愛人まで持っているというのだ。すなわちここには、医学界の問題を体現する悪玉と善玉の対決といった明快な構図があるわけでもなく、むしろ、ほとんどの人物が、自ら医師であることの有利さにどっぷりと浸かりながら、欲望をたぎらせ、また苦悩する姿が描かれていると見えるのである。

当然、そこには男と女の世界がある。志帆子は、単なるエリート女医ではなく、男性を引きつけ、自分でも男を求める熟女であり、美食に酔い、酒色に耽る様も濃厚に描かれる。ヨーロッパでも日本でも美食を堪能し、仕事とともに男も「好きで好きでたまらない」と言い放つ志帆子は、命がけの理想だけでなく奔放に快楽も追求する、いわば作者の願望を背負わされたスーパーウーマンと見えるのである。

「いったいあんたの心の何が、男をこれほど馬鹿にしているかわからない。太ももをちらつかせて甘い声を出せば、男はいつでも寄ってくると思っている。そしてあんたのずるいところは、そうして寄ってくる男をはねつけるところだ。それも上手に、男のプライドを刺激する」のだと前夫・斎藤になじられる志帆子の男あしらいは、愛人・小原俊矢の、医者を全く尊敬しないことで自在に使いこなすという辣腕とも重なってくるだろう。

そんな志帆子と好対照をなすのが斎藤の妻・結花である。短大出のCAで世俗的な野心は持っていたが「愚鈍で怠惰」、美貌を「充分に活用していないためにいつのまにか錆び」つかせていた結花を、志帆子と別れた斎藤は愛らしく思う。その「紋切り型に理解」できる「美しくわかりやすい」女のあり方は、男の理解の及ばぬ女である志帆子と対極に置かれているのだ。そこには「愛するというのはこういうことではないか」と男に思わせるだけの男女のつながりがある。夫の浮気を知って、どうしても子供を作りたいと決意し、赤ん坊さえ手に入れれば夫とは離婚してもいい、とまで思いつめる結花の心理も分かりやすい。そんな結花にとって、夫以外は何でも手に入れ「夫なしでも幸福に生きている女」として口惜しくも及び難いのが志帆子なのだ。

結花の妊娠成功後に斎藤が捨てた愛人・深沢怜の言葉も印象深い――「死っていろんなところにあるのよね。〔中略〕あなたは奥さんの死が許せないって裁判している。でもね、死ってそこいらで毎日起きているふつうのことなの。だから私、ふつうに死んでいくつもりよ。〔中略〕まあ、私はあなたの奥さんでもないし、ま、人生ってこの程度のものかもね」。この子宮癌の転移を知った、会社経営者である元愛人の孤独も、志帆子とは対照的である。怜は、斎藤にとって美容整形術の実験台となった「ミューズ」でもあったというのだ。

それら四十女たちの生き方の対比と、成功者である男たちの右往左往の手応えが、まずはこの〝医者小説〟の見どころといえよう。仕事を愛し性愛と美食を堪能し、家族愛など不要という「完璧な女」が、末尾で突発した地震に奮い立つさまはいささか出来過ぎとも見えるが、大震災直後の作品であることを考えれば、理想も欲望も保ちつつひたすら前に進まんとする医師・志帆子の姿に引かれる読者もいるであろう。

次々に男を求める志帆子だが、同時にアスクレピオス〔医神〕を追うこともやめない。志帆子はまさに「アスクレピオスの愛人」となった女なのであり、もはや後戻りはできないのだ。その核心にあるものは何か。「もしかすると「理想」という神は気まぐれで、それが似合わない人間の胸にも宿るものかもしれなかった」――これもまた作中の言である。

〔南山大学教授〕

『フェイバリット・ワン』——〈ギャルソン〉を目指さない「女の子」の再構築のすすめ——

原田　桂

田辺聖子の乃里子三部作（「言い寄る」「私的生活」「苺をつぶしながら」）は、昭和48年から56年に連載され、時を経て平成19年に復刊されるなど、今もなお様々な年代の「女の子」から絶大な支持を得ている。デザイナーである主人公の玉木乃里子は、仕事での意識も高く、恋愛においても体当たりで突き進む「キラキラ」した「女の子」である。冷静に物事を注視し、読者を惹きつけてやまないアフォリズムの洪水で、巷にあふれる恋愛論を決壊させていくかと思えば、自分の不安定な足もとに頓着などしない、若さ故の無防備さもある。年齢31～35歳までの設定である乃里子を「女の子」に括るのは大いに憚られるが、「女の子」の持つ〈生きていることを胸いっぱいに吸い込む能力〉（津村記久子「解説」『苺をつぶしながら』講談社文庫、10・11）に満ちた、「女の子」特有の「キラキラ」なるものに目が眩むほどだ。「女性」の内にある「女の子」というものは、今日でいうところの年齢不問な「〇〇女子」に近いが、〈当事者である「女性」自身が自称として語ったいわばグループ名〉（馬場伸彦／池田太臣編『「女子」の時代！』青弓社、12・4）というよりはむしろ、澁澤龍彦がいうところの「少女」ともまた違った、「女性」が大切に保管してきた「個」なる「女子」が「女の子」なのではないだろうか。そこには気恥ずかしいまでの無防備な生命力がある。

この乃里子三部作へのオマージュであり、昭和から平成へ、関西から東京へと舞台を移した現代版が、林真理子『フェイバリット・ワン』（集英社、14・3）である。〈ワンランク上をめざす女性のためのクオリティライフマガジン〉というコンセプトの女性誌「MORE」で連載（11・1〜13・10）された。ターゲット層である20代女性の〈ワンランク上をめざす〉という〈野心〉に火を付けるかのような、まさにエッセイ『野心のすすめ』（講談社現代新書、13・4）小説版でもある。ここでいう〈野心〉は、むしろ〈ガツガツ〉〈ギラギラ〉していいという。この〈ガツガツ〉〈ギラギラ〉と、〈夢を実現させるための生き方やヒント〉（「インタビュー林真理子『フェイバリット・ワン』」「青春と読書」14・4」）が一人の「女の子」を通して「キラキラ」と散りばめられている。

田辺作品の乃里子よりも10歳ほど年下、23歳である夏帆もまたデザイナーである。ブランド〈ママレード・ガール〉の服飾デザイナー・夏帆は、薄利多売のブランドコンセプトに漠然とした不満を持っていた。夏帆にとってデザインするということは〈少女の頃からやっていたお絵描きの延長〉である。その自覚と、「低め安定」という居心地の良さは、漠然とした不満から脱却しようという後押しにはならない。まだまだ〈野心〉の火種はくすぶったままだ。恋愛のほうはというと、二人の男性と同時進行中。〈この世の中には、ひとつのものに決められないほど、たくさんの素敵なものが溢れてる〉から二股はOKという訳である。二股の罪悪感を容易にポジティブな解釈に変換できる能力とでもいうべきか。また、夏帆は美人ではないが〈自分レベルの女〉というシビアな物差しで、仕事や恋愛に対する立ち位置を測る沈着さがある。そんな夏帆は、若手のお笑い芸人・智行と出会うこととなる。現代は〈野心の氷河期現象〉であり、〈いまだにギラギラと野心を持ち続けているのは、お笑い芸人〉（『野心のすすめ』）だけだろうという。智行の〈ギラギラ〉した〈野心〉を目の当たりにした夏帆は、徐々に自分の〈野心〉の城を構築していくのである。しかし、その構築の基礎にはいつも「いかにも」な鋳型があった。智行と付き合いはじめた夏帆だったが、なんと彼には子どもがいた。この屈辱を〈私は困難に打ち勝って、本当の恋をしている〉という〈誇らしさ〉に変換してみせるのだった。恋と同様に仕事でも転機が訪れ、ジュニアブランドの看板デザイナーに抜擢される。しかし、未だ〈野心〉のスイッチが入らないのはなぜだろう。それは、最先端モードを〈パクって〉アレンジするのが夏帆のデザイン法であって、いわゆる〈独創性〉がないことを自覚しているからである。その自覚と本当に対峙する機会が訪れ、夏帆の〈野心〉は〈ギラギラ〉と一気に突き進む。ブランドオーナーの口添えでパリコレを見た夏帆は、喝采を浴びる同年代の「女の子」と、パリコレの新作から〈パクって〉いる「女の子」つまり自分との差に打ちのめされ〈口惜しい〉と思うのであった。この〈屈辱感こそが野心の入り口〉(『野心のすすめ』)なのである。その後、夏帆の〈野心〉は加速する。デザイナーとしての勉強という名目で、会社のスポンサーと付き合うようになる。ハイブランドの商品を買ってもらい、オシャレなレストランで食事。〈そこそこの女の子〉ではなく、〈すごい女の子になれる〉という漠然とした予感。しかし所詮は、パトロンに貢がせる〈アイジン〉でしかなかったのだ。「本物を見る眼を養う若手デザイナー」という筋書きは、まさに〈アイジン〉のレッテルを回避するためのお決まりの鋳型であるだろう。会社を追われた夏帆は、ネットショップを立ち上げようと奮闘するが、これもまた、資金源はパトロンの手切れ金である。そういった認めたくない現実に蓋をしようと、〈若いながらもネットビジネスに挑む新進デザイナー〉という像を打ち立て、現実を回避するパターンがここにもある。自身のブランド〈NATSU〉を立ち上げ、何とか軌道に乗せようと奮闘する夏帆。新作を影響力のあるモデルに着てもらうという機会を得て、〈一流〉と呼ばれる人たちに出会う。モデル、フォトグラファー、スタイリスト、そして自分はファッションデザイナー。華やかな世界の住人に囲まれ、自分が選ばれた人間であることに酔いしれながらも、〈一流〉に上り詰めるまでの彼らの苦労や努力に打ちのめされる。中でも、フォトグラファー・中谷との出会いは、夏帆にとって大きな分岐点となる。お笑い芸人として

〈ギラギラ〉した〈野心〉が眩しいほどであった智行は、夢を諦めて浜松の飲食店で働くこととなり、〈一流〉の世界を知ってしまった夏帆は、その世界に「ふさわしい私」を捨てきれない。智行の〈ギラギラ〉した〈野心〉が消えたと同時に、恋愛感情が同情へと変わってしまった。挫折した飲食店店員と、世界を飛び回るフォトグラファー。夏帆の〈野心〉を満たすのは当然後者である。結果として、夏帆は大きな代償を支払うことになるのだ。〈コム・デ・ギャルソン、イッセイ・ミヤケ、ヨウジ・ヤマモト〉のような〈世界的デザイナー〉になりたいという〈野心〉は夏帆にはない。〈何者かになりたい〉という漠然とした渇望は、どこからか借りてきた〈何者〉という鋳型に当てはめることである。だから、その〈何者〉かにふさわしいであろう舞台、例えば、表参道のカフェ、西麻布のイタリアン、銀座の寿司屋といった「いかにも」な「おしゃれ」空間が必要だった。また〈一流〉の仲間入りをするためには、〈この若さでネットショップを立ち上げたデザイナー〉という〈資格〉が必要だったのだ。〈野心〉とは手段であって、目標と自分を相対化するものである。夏帆は〈野心〉によって、自分がいかに都合のいいお決まりの鋳型を構築してきたかを思い知る。それはまさに「仕事も恋も充実している新進デザイナー」という鋳型の脱却と解体である。そして解体後には〈私はいったい何を求めているのか〉という問いと、その先に必ず本当の〈フェイバリット・ワン〉があることを知り得たのだ。

川久保玲率いる〈コム・デ・ギャルソン〉は、全部で16のラインからなるドメステックブランドである。80年代初期の「黒の衝撃」は「前衛」の代名詞だ。特に「ジュンヤ・ワタナベ」のラインには、既存のアイテムを解体し再構築するシリーズがある。奇しくも〈ギャルソン〉を目指さない夏帆が〈野心〉を得て、解体と再構築を被服ではなく自らの身体で行う。その解体を通じて、夏帆という「女の子」の再構築が今始まる、いわば終わりの始まりなのである。

（白百合女子大学研究員）

林 真理子　主要参考文献

春日川諭子・原　善

単行本

林真理子『林真理子スペシャル　ルンルンだけじゃ、ものたりなくて』（角川書店、84・8）
マリリンファンクラブ『林真理子大研究』（青弓社、87・5）
林真理子『桃栗三年　美女三十年』（マガジンハウス、12・7）

単行本収録文献

斎藤美奈子「林真理子　シンデレラガールの憂鬱」（『文壇アイドル論』岩波書店、02・6→文春文庫、06・10）
五木寛之「第94回一九八六年一月　最終便に間に合えば／京都まで　林真理子」「第32回一九九八年三月　みんなの秘密　林真理子」（『僕が出会った作家と作品　五木寛之選評集』東京書籍、10・9）

雑誌特集

「林真理子の私生活図鑑　旅行、ファッション、食事…流行作家の至福インデックス」（「鳩よ！」94・2）
「林真理子自身による林真理子スペシャル」（「月刊カドカワ」97・8）
「林真理子　物語を生む瞬間」（「本の話」98・2）
「〈解体全書　作家自身が〝作家の自分〟を大解剖　10回〉林真理子」（「ダ・ヴィンチ」00・2）
「林真理子　全1巻」（「編集会議」02・02）
「特集　林真理子『野ばら』」（「本の話」04・4）
「林真理子「今こそ☆スターを！」」（「野性時代」06・12）
「美女入門500回スペシャル」（「an·an」07・12・5）
「林真理子が切りひらく時代と言葉」（「編集会議」08・10）
「美女入門SPECIAL」（「an·an」03・3・9）

論文・評論

小倉千加子「林真理子論　長距離ランナーの栄光と孤独」（「月刊Asahi」91・3→『シュレーディンガーの猫　パラドックスを生きる』いそっぷ社、05）
斎藤美奈子「彼らの反動（3）林真理子」（「世界」01・5）
加藤純一「〈現代文学にみる「食」（13）〉林真理子著『美食倶楽部』」（「食の科学」01・10）
鈴木直子「「短大」イメージの形成と一九八〇年代の林真理子」（「青山学院女子短期大学総合文化研究所年報」

09・12）

鈴木直子「高度成長と〈女流作家〉 林真理子『女文士』における女のエクリチュール」（「日本文学」10・11）

北出真紀恵「林真理子とフェミニズム」（「東海学園　言語・文学・文化」10・10）

中尾　明「〈創作時評　SFの常識・非常識〉横田明子『「遺伝子組みかえ」だいさくせん』、はやしまりこ『秘密のスイーツ』」（「日本児童文学」11・5）

佐高　信「〈佐高信の新・政経外科　第21回〉もっともなり林真理子」（「週刊金曜日」14・12・12）

書評・解説・その他

池波正太郎・井上ひさし他「第九十一回直木賞選評」（「オール讀物」84・9）

池波正太郎・五木寛之他「第九十二回直木賞選評」（『オール讀物』85・3）

井上ひさし・野坂昭如他「第六回吉川英治文学新人賞選評」（「群像」85・4）

五木寛之・渡辺淳一他「第九十三回直木賞選評」（「オール讀物」85・9）

山口瞳・渡辺淳一他「第九十四回直木賞選評」（「オール讀物」86・3）

竹岡準之助「〈婦人公論ダイジェスト〉林真理子『戦争特派員』」（「婦人公論」88・2）

――「〈著者とその本〉『本を読む女』の林真理子氏」（「新刊展望」90・8）

杉森久英「〈文春図書館〉『ミカドの淑女』」（「週刊文春」90・11・8）

――「〈TEMPO ブックス〉林真理子『ミカドの淑女』」（「週刊新潮」90・11・8）

向井　敏「〈週刊図書館〉林真理子『ミカドの淑女』」（「週刊朝日」90・11・16）

篠沢秀夫「〈GENDAI LIBRARY 小説〉林真理子『ミカドの淑女』」（「週刊現代」90・11・17）

深田祐介「〈文春ブック・クラブ〉『ミカドの淑女』」（「文芸春秋」90・12）

――「〈婦人公論ダイジェスト〉『ミカドの淑女』」（「婦人公論」90・12）

佐々木幹郎「〈詩人の書斎〉『ミカドの淑女』」（「東京人」91・1）

阿川弘之・大庭みな子他「第三十回女流文学賞選評」（「婦人公論」91・10）

――「〈BOOK REVIEW WHO'S WHO〉林真理子さん有名になるか、いい仕事か、いい男か。3人の選択

の結果『トーキョー国盗り物語』」（「LEE」92・11）

――「〈最近、面白い本読みましたか〉林真理子『着物の悦び』」（「クロワッサン」93・9・25）

岡田幸四郎「〈BUNKA BAZAR BOOK〉林真理子『ピンクのチョコレート』」（「SPA!」94・8・3）

千石英世「〈今月の文芸書〉「文学少女」林真理子」（「文学界」94・4）

川西政明「〈サンデーらいぶらりぃ　今週の3冊〉林真理子『素晴らしき家族旅行』」（「サンデー毎日」94・12・4）

荻野アンナ「〈週刊図書館〉林真理子『素晴らしき家族旅行』」（「週刊朝日」94・12・30）

千石英世「〈今月の文芸書〉「白蓮れんれん」林真理子」（「文学界」95・1）

久世光彦「〈文春図書館〉林真理子『素晴らしき家族旅行』」（「週刊文春」95・1・12）

瀬戸内寂聴・田辺聖子他「第三十四回女流文学賞選評」（「婦人公論」95・10）

長部日出雄・津本陽他「第八回柴田錬三郎賞選評」（「小説すばる」95・11）

川西政明「〈サンデーらいぶらりぃ　今週の3冊〉林真理子『女文士』」（「サンデー毎日」95・11・19）

――「〈現代ライブラリー〉林真理子『女文士』」（「週刊現代」95・11・25）

荒このみ「〈中公読書室〉林真理子『女文士』」（「中央公論」95・12）

安西篤子「〈文春図書館〉林真理子『女文士』」（「週刊文春」95・12・7）

中田浩作「〈BOOK STREET　受賞作を読む〉第8回柴田錬三郎賞　林真理子『白蓮れんれん』」（「Voice」96・1）

福島瑞穂「〈本のレストラン　食後酒　私の選ぶ1冊〉林真理子『幸福巡礼』」（「週刊宝石」96・4・11）

阿川弘之・佐伯彰一他「第三十五回女流文学賞選評」（「婦人公論」96・10）

柴門ふみ「〈文春図書館〉林真理子『不機嫌な果実』」（「週刊文春」96・11・7）

青島健太「〈Hoseki Book Center〉2F・青島健太主任の1冊　林真理子『強運な女になる』」（「週刊宝石」97・6・19）

――「〈百人書評　文芸編　今月のいけにえ本〉林真理子『不機嫌な果実』」（「ダ・ヴィンチ」97・7）

麻生圭子「〈現代ライブラリー〉林真理子『着物をめぐる物語』」（「週刊現代」97・12・27）

五木寛之・伊藤桂一他「第三十二回吉川英治文学賞選評」（「小説現代」98・5）

――「〈BOOK REVIEW〉林真理子『葡萄物語』」（「週刊読売」98・7・5）
――「〈books　私の書いた本〉林真理子『ロストワールド』」（「婦人公論」99・6・22）
柴門ふみ「柴門ふみ、林真理子著「美女入門」を読む」（「CREA」99・9）
――「林真理子さんが明かす恋愛小説『ミスキャスト』人気沸騰の秘密」（「週刊現代」00・4・29）
俵　万智「〈今月の1冊、スペシャル〉林真理子『死ぬほど好き』を読んで」（「小説すばる」00・5）
島﨑今日子「〈現代の肖像〉林真理子（作家）健康な欲望健全な野心」（「AERA」00・6・25）
川本三郎「〈本〉銀座の眺めのいい場所。椎名誠、林真理子、藤野千夜、村松友視、盛田隆二『東京小説』」（「東京人」00・8）
福田百合子「〈くらしと文学（145）〉『ミカドの淑女』林真理子著」（「やまぐち経済月報」01・2）
永井　勝「〈九州名作探訪（14）〉林真理子『白蓮れんれん』（福岡市）」（「財界九州」02・2）
小山秀司「〈CAMERA ANGLE〉林真理子「一年ののち」」（「国土交通」02・2）
宮本徳蔵「〈文春BOOK倶楽部〉林真理子『花』」（「文芸春秋」02・10）
佐竹　裕「〈集英社文庫　今月の注目作〉林真理子『葡萄物語』を読む」（「青春と読書」02・12）
井上荒野「〈集英社文庫　今月の注目作〉林真理子『死ぬほど好き』を読む」（「青春と読書」03・8）
桜井一哉「〈カルチャー大学批評学部　ブック&コミック〉林真理子『野ばら』」（「SPA!」04・4・20）
関沢英彦「〈あのベストセラー再読　8回〉林真里子『ルンルンを買っておうちに帰ろう』」（「ほんとうの時代」04・8）
酒井順子「林真里子『知りたがりやの猫』」（「波」04・12）
町山広美「林真理子『アッコちゃんたちの時代』」（「波」05・9）
小泉すみれ「〈おもしろい本が読みたい〉林真理子『アッコちゃんの時代』」（「ウフ」05・11）
安達　瑶「〈旬の本　この本！〉林真理子『アッコちゃんの時代』」（「ダカーポ」06・1・18）
林あまり「〈現代ライブラリー〉林真理子『ウーマンズ・アイランド』」（「週刊現代」06・3・18）
北上次郎「〈おもしろい本が読みたい〉林真理子『秋の森の奇跡』」（「ウフ」06・7）

――「〈BOOKS〉林真理子『秋の森の奇跡』」（「メイプル」06・8）

川西政明「〈現代ライブラリー〉林真理子『本朝金瓶梅』」（「週刊現代」06・9・2）

麻木久仁子「〈文春BOOK倶楽部〉林真理子『本朝金瓶梅』」（「文芸春秋」06・10）

高橋源一郎「〈タカハシ教授の超！読書学〉『本朝金瓶梅』林真理子版『金瓶梅』でのエッチ。描写は、どんな感じかというと…」（「アサヒ芸能エンタメ」06・12）

伊藤和弘「〈サンデーらいぶらりぃ　1冊の本〉林真理子『グラビアの夜』」（「サンデー毎日」07・6・17）

岡崎武志「〈ベストセラー温故知新〉今月の知新・島田裕巳『日本の10大新宗教』今月の温故・林真理子『紫色の場所』」（「中央公論」08・3）

川西政明「〈現代ライブラリー〉林真理子『RURIKO』」（「週刊現代」08・6・14）

竹内　洋「〈Book & Trend　竹内洋の読書日記　第22回〉林真理子『RURIKO』」（「週刊東洋経済」08・7・26）

東えりか・上村祐子・加藤泉・渡辺祥子「話題作『RURIKO』に学ぼう！」（「野性時代」08・7）

森村誠一「〈週刊図書館〉旅の道すがら読みたい3冊 林真理子『RURIKO』」（「週刊朝日」08・8・22）

奥谷禮子「〈BOOKS REVIEW〉林真理子『RURIKO』」（「経済界」08・8・19）

酒井順子「〈おもしろい本が読みたい〉林真理子『綺麗な生活』」（「ウフ」09・1）

高橋源一郎「〈現代ライブラリー〉林真理子『下流の宴』」（「週刊現代」10・4・10）

重松　清「〈文春BOOK倶楽部〉林真理子『下流の宴』」（「文芸春秋」10・6）

茂木健一郎「〈文明の星時間　118回〉『下流の宴』」（「サンデー毎日」10・6・27）

――「〈しあわせ読書時間　編集部から、あなたに。〉林真理子『下流の宴』」（「AERAウィズ・ベビー」10・10）

山田美保子・進藤奈邦子「林真理子『アスクレピオスの愛人』」（「波」12・10）

梯久美子「〈SUNDAY LIBRARY　梯久美子の読書の部屋〉林真理子『野心のすすめ』」（「サンデー毎日」13・5・26）

――「〈文春図書館　ベストセラー解剖〉林真理子『野心のすすめ』」（「週刊文春」13・7・18）

神崎貴子「〈Book　20歳の頃に読んだ本〉神崎貴子さん 林真理子『最終便に間に合えば』」（「クロワッサンPremium」13・8）

与那覇恵子「〈現代ライブラリー　日本一の書評〉林真理子『正妻　慶喜と美賀子（上・下）』」（「週刊現代」13・8・8）
竹田圭吾「〈ベストセラー読解〉林真理子『野心のすすめ』」（「THE 21」13・11）
堀江貴文「〈Culture Walker BOOK　実業家・堀江貴文のイチオシの一冊〉林真理子『野心のすすめ』」（「東京ウォーカー」13・11・26）
――「みんな大好き林真理子文学読本　読めば読むほど、知りたくなる！林さんが描いてきた、歴史上の女性」（「an・an」14・9・24）
高橋源一郎「〈オトコの読書室　今週イチ推し〉林真理子『大原御幸』」（「アサヒ芸能」14・12・4）

対談・座談

筑紫哲也「〈若者たちの神々16〉林真理子」（「朝日ジャーナル」84・7・27）
瀬戸内寂聴「「女文士」いまむかし」（「現代」95・12）
小泉純一郎「女はいつも〝花探し〟」（「波」00・5）
市川　準「〈東京ラブストーリー対談〉市川準（「東京マリーゴールド」監督）×林真理子（「一年ののち」原作者）」（「キネマ旬報」01・5・15）
諸田玲子「林真理子&諸田玲子『ミスキャスト』から清水次郎長まで」（「IN POCKET」04・1）
船曳建夫「江戸の女の色と道楽」（「オール讀物」05・4）
秋元康・中園ミホ「バブルの時代を語る　魔性の女の条件とは」（「小説新潮」05・9）
松任谷由実「〈特別対談〉林真理子vsユーミン　バブルとキャンティと「アッコちゃんの時代」」（「週刊新潮」05・9・8）
佐藤寛子「〈林真理子×佐藤寛子スペシャル対談〉グラビアを生きる、グラビアを描く」（「小説すばる」07・5）
三田　完「作家とモデルの危うい関係」（「婦人公論」08・9・22）
山本淳子「「源氏物語は、極上の恋愛サスペンス」連載小説スタート記念特別対談」（「和楽」08・10）
千住　博「林真理子×千住博　ふたりが語る、源氏物語の魅力」（「和楽」09・2）
中井美穂「連載小説『私のこと、好きだった？』が単行本に　林真理子さん×中井美穂さん」（「STORY」10・2）
和田秀樹「作家と精神科医が読み解く　下流か、中流か。転落の恐怖に怯える母親たち」（「婦人公論」10・5・7）

吉岡幸雄・山本淳子「単行本『六条御息所　源氏がたり　一、光の章』発刊記念〈前編〉林真理子版『源氏物語』を楽しむための心得帖　林真理子×吉岡幸雄×山本淳子」（「和楽」10・5）
千住　博「奥深き「源氏物語の世界」へようこそ　これは〝完読〟間違いなし！恋愛小説の達人と日本画家の巨匠が織り成す21世紀版『源氏物語』『六条御息所　源氏がたり』第一巻刊行記念トークショー」（「和楽」10・6）
中園ミホ・山本淳子「単行本『六条御息所　源氏がたり　一、光の章』刊行記念〈後編〉林真理子版『源氏物語』をめぐる恋愛ナイショ話　林真理子×中園ミホ×山本淳子」（「和楽」10・6）
福田和也「〈平成フラッシュバック100　最終回〉特別篇　林真理子×福田和也「下流の宴？　平成の日本人たちへ」」（「週刊現代」10・7・3）
蓮　舫「林真理子vs蓮舫　「下流の宴」は仕分けできますか」（「サンデー毎日」10・9・19）
杏「『六条御息所　源氏がたり　二、華の章』発刊記念　林真理子×杏」（「和楽」11・5）
海老名香葉子「林さん初の児童書『秘密のスイーツ』登場人物のモデルとなったのは海老名さんだった！林真理子×海老名香葉子」（「女性自身」11・5・17）
進藤奈邦子「ＷＨＯ医師と作家が語る〝女の快楽〟進藤奈邦子（医師）×林真理子（作家）」（「婦人公論」12・10・22）
東　直子「対談　林真理子×東直子　現代女文士「白蓮」を語る」（『流転の歌人　柳原白蓮　紡がれた短歌とその生涯』14・8、ＮＨＫ出版）
中園ミホ「『白蓮れんれん』林真理子×脚本家・中園ミホ　『花子とアン』誕生秘話」（「週刊文春」14・9・11）

インタビュー

――「〈People Now〉女の本音の表も裏も、あけすけに語ってしまったエッセイスト」（「non･no」83・4・5）
野中ともよ「〈野中ともよの著者訪問〉「幕はおりたのだろうか」」（「現代」89・7）
木場弘子「〈情報 BOOK〉林真理子『ファニーフェイスの死』」（「家庭画報」90・7）
――「〈著者インタビュー〉『ミカドの淑女』」（「SOPHIA」90・12）
――「〈最近、面白い本読みましたか〉『ミカドの淑女』」（「クロワッサン」90・12・10）
――「〈Books〉明治の宮延を襲った一大スキャンダル

を題材に本格的な歴史小説に挑んだ『ミカドの淑女』」（「LEE」91・1）

――「〈主婦とぴあ　ニュースな顔〉自らの着物遍歴をまとめた『着物の悦び』がベストセラーになった林真理子さん」（「主婦と生活」93・3）

――「〈サンデーらいぶらりぃ　著者インタビュー〉林真理子『文学少女』」（「サンデー毎日」94・3・13）

――「〈BOOK GUIDE〉林真理子『怪談』」（「With」95・1）

――「〈最近、面白い本読みましたか〉林真理子「白蓮れんれん」」（「クロワッサン」95・1・25）

――「〈Book　著者インタビュー〉林真理子『白蓮れんれん』」（「an・an」95・1・27）

――「「家族」って何だろう？林真理子さん『素晴らしき家族旅行』」（「LEE」95・3）

――「〈最近、面白い本読みましたか〉林真理子『女文士』」（「クロワッサン」96・1・10）

――「〈小説家への道②〉人気作家に学ぶ恋愛小説の書き方『白蓮れんれん』を書いた林真理子さんに聞く」（「鳩よ！」96・3）

――「〈Book〉林真理子さんにインタビュー　大人の女に話題沸騰。女心の深奥を描く官能的な不倫小説「不機嫌な果実」。」（「an・an」97・1・10）

――「〈Book Salon〉林真理子さん『不機嫌な果実』」（「MINE」97・2）

――「〈スポットライト　Books〉林真理子さん『着物をめぐる物語』」（「LEE」98・2）

尾崎真理子「〈BOOK AREA　著者インタビュー〉林真理子さん『みんなの秘密』」（「this is 読売」98・7）

――「〈BOOK　著者インタビュー〉林真理子『コスメティック』」（「an・an」99・3・12）

――「〈最近、面白い本読みましたか〉林真理子『ロストワールド』」（「クロワッサン」99・4・25）

――「〈CLICK & CLIP BOOK〉林真理子さん『コスメティック』」（「ラ・セーヌ」99・6）

――「〈Book Salon〉林真理子さん『世紀末思い出し笑い』」（「MINE」99・6）

――「〈週刊図書館　ひと・本〉林真理子『ロストワールド』」（「週刊朝日」99・6・11）

――「〈ミセスビュー　著者インタビュー〉林真理子『コスメティック』」（「ミセス」99・7）

――「〈what's Coming? Books〉林真理子　キレイ願望と一生つきあっていこう！『美女入門』」（「MORE」99・9）

――「〈あの本のこと、もっと知りたい。〉林真理子『美女入門』」（「Hanako」99・9）
――「〈最新、面白い本読みましたか〉林真理子さん『美女入門』」（「クロワッサン」99・9・25）
――「〈BOOK　著者インタビュー〉林真理子『死ぬほど好き』」（「an·an」00・4・28）
――「〈Books〉林真理子『死ぬほど好き』」（「Hanako」00・5・17）
――「〈POST ブック・ワンダーランド　著者に訊け〉林真理子『花探し』」（「週刊ポスト」00・5・19）
――「〈文春図書館　著者と60分〉林真理子『花探し』」（「週刊文春」00・6・8）
――「人気連載『ミスキャスト』いよいよクライマックス　林真理子「40代の性と不倫」を語る」（「週刊現代」00・8・12）
――「〈BOOK　著者インタビュー〉林真理子『美女入門PART2』」（「an·an」00・10・6）
――「大評判『ミスキャスト』ついに刊行」（「週刊現代」00・12・2）
――「『みんなの秘密』のヒミツ」（「IN·POCKET」01・1）
――「〈現代ライブラリー　名作の背景〉「文庫と私」林真理子『みんなの秘密』」（「週刊現代」01・5・19）
――「〈BOOK!　新刊著者インタビュー〉林真理子『花』」（「エッセ」02・9）
――「〈Books〉私の考える「名作」とは?小誌の連載「20代に読みたい名作」が単行本化!林真理子さんインタビュー」（「CREA」02・11）
――「〈books & magazines　著者インタビュー〉林真理子『花』」（「編集会議」02・12）
――藤原理加「林真理子氏インタビュー『聖家族のランチ』」（「本の旅人」02・12）
――「〈BOOKS　著者インタビュー〉林真理子『聖家族のランチ』」（「an·an」02・12・18）
――「〈Book〉林真理子『聖家族のランチ』」（「OZ magazine」02・12・23）
――「〈BOOK　著者インタビュー〉林真理子『聖家族のランチ』」（「STORY」03・1）
――「〈著者からのメッセージ〉林真理子『聖家族のランチ』」（「Yomiuri Weekly」03・1・12）
――「林真理子さんに聞く。新作『年下の女友だち』に見る、女たちの恋のジレンマ」（「コスモポリタン」03・3）
――「〈Books AUTHOR'S TALK〉林真理子『anego』」

（「CREA」03・12）

――「〈BOOKS　著者インタビュー〉林真理子『anego』『トーキョー偏差値』」（「an・an」03・12・3）

――「〈カルチャーナビ　Books〉林真理子さん『anego』」（「LEE」04・1・1）

――「〈with entertainment PARK INTERVIEW〉林真理子『ミルキー』」（「with」04・5）

――「〈BOOK〉林真理子『野ばら』」（「メイプル」04・6）

――「〈読書ナビ　著者インタビュー〉林真理子さん『野ばら』」（「レタスクラブ」04・6・25）

――「〈POSTブック・ワンダーランド　著者に訊け〉林真理子『知りたがりやの猫』」（「週刊ポスト」05・1・28）

――「〈Books　著者インタビュー〉林真理子『アッコちゃんの時代』」（「an・an」05・9・21）

――「〈BOOK　著者インタビュー〉林真理子『アッコちゃんの時代』」（「STORY」05・10）

――「〈ヒットの予感〉林真理子『アッコちゃんの時代』」（「ダ・ヴィンチ」05・10）

――「〈読まずにはいられない話題の本〉林真理子『アッコちゃんの時代』」（「25ans」05・10）

――「〈書いた本、読んだ本〉林真理子『アッコちゃんの時代』」（「日経ウーマン」05・10）

――「〈サプリな本屋さん　10回〉林真理子『アッコちゃんの時代』」（「女性自身」05・10・11）

――「〈BOOK〉林真理子『アッコちゃんの時代』」（「OZ magazine」05・10・24）

内田麻紀「〈BOOKS & MAGAZINES　著者インタビュー〉林真理子「アッコちゃんの時代」」（「マンスリーウィル」05・11）

――「〈BOOKS interview〉林真理子『アッコちゃんの時代』」（「コスモポリタン」05・11）

――「〈最近、面白い本読みましたか〉林真理子『アッコちゃんの時代』」（「クロワッサン」05・11・25）

――「〈最近、面白い本読みましたか〉林真理子『ウーマンズ・アイランド』」（「クロワッサン」06・5・10）

――「〈Books　著者インタビュー〉林真理子『秋の森の奇跡』」（「an・an」06・6・7）

――「〈CONCIERGE INTERVIEW〉林真理子『秋の森の奇跡』」（「婦人画報」06・7）

――「〈Books AUTHOR'S TALK〉林真理子『秋の森の奇跡』」（「CREA」06・7）

――「〈New Books〉林真理子『秋の森の奇跡』」（「FRaU」06・7・5）

――「スペシャルインタビュー　林真理子さん『秋の

森の奇跡』で語る」（「女性セブン」06・7・13）
——「〈BOOK　著者インタビュー　novels〉林真理子『秋の森の奇跡』」（「STORY」06・8）
——「〈最近、面白い本読みましたか〉林真理子『秋の森の奇跡』」（「クロワッサン」06・10・10）
——「『私のスフレ』刊行記念　林真理子さんインタビュー」（「ウフ」07・3）
——「〈最近、面白い本読みましたか〉林真理子『私のスフレ』」（「クロワッサン」07・3・25）
——「〈Interview〉林真理子『RURIKO』」（「本の旅人」08・6）
——「〈角川書店の本〉林真理子『RURIKO』」（「野性時代」08・6）
——「〈今月のBOOKMARK EX〉林真理子『RURIKO』」（「ダ・ヴィンチ」08・7）
——「〈MORE FUN! BOOK〉林真理子『RURIKO』」（「OZmagazine」08・7）
——「〈書いた本、読んだ本〉林真理子『RURIKO』」（「日経ウーマン」08・8）
——「〈ポスト・ブック・レビュー　著者に訊け〉林真理子『RURIKO』」（「週刊ポスト」08・8・1）
——「〈カルチャーセレクションbook〉私の書いた本　林真理子『もっと塩味を！』」（「婦人公論」08・10・7）
——「〈BOOK'S HOTEL〉林真理子『もっと塩味を！』」（「女性自身」08・10・14）
——「〈最近、面白い本読みましたか〉林真理子『綺麗な生活』」（「クロワッサン」09・2・25）
——「林真理子さんインタビュー『秋の森の奇跡』で知る、大人の純愛のかたち」（「和楽」09・10）
——「〈今月のBOOKMARK〉林真理子『私のこと、好きだった?』」（「ダ・ヴィンチ」10・2）
——「〈著者インタビュー〉林真理子『私のこと、好きだった?』」（「クロワッサン」10・4・10）
青木千恵「〈著者との60分〉林真理子『下流の宴』」（「新刊ニュース」10・6）
——「〈BOOK INTERVIEW〉林真理子「下流の宴」」（「一個人臨増」10・8）
——「『本朝金瓶梅』、江戸の色と欲」（「オール読物」10・10）
——「〈BOOK　著者インタビュー　novels〉林真理子『秘密のスイーツ』」（「STORY」11・4）
——「ドラマ10『下流の宴』作家・林真理子インタビュー」（「ステラ」11・6・24）
——「『六条御息所　源氏がたり』第3巻発刊記念

林真理子さんインタビュー」（「和楽」12・11）
――「〈活字の園〉林真理子『アスクレピオスの愛人』」（「女性自身」12・11・13）
――「〈ポスト・ブック・レビュー　著者に訊け〉林真理子『アスクレピオスの愛人』」（「週刊ポスト」12・11・30）
――「林真理子さん「小説源氏物語　Story Of Uji」」（「和楽」13・4）
――「〈週末エンタメ BOOK〉林真理子『美女入門金言集　マリコの教え117』」（「an·an」13・7・31）
――「〈BOOK〉林真理子『美女入門金言集　マリコの教え117』」（「クロワッサン」13・9・25）
――「〈人気者総まくり・今年の顔100組　本〉林真理子」（「日経エンタテインメント」13・10）
――「〈MORE Touch Culture Books〉林真理子『正妻　慶喜と美賀子（上）・（下）』」（「MORE」13・12）
石井千湖「林真理子『フェイバリット・ワン』」（「青春と読書」14・4）
――「『MORE』の人気小説『フェイバリット・ワン』がついに刊行！」（「MORE」14・5）
――「〈現代ライブラリー　書いたのは私です〉林真理子『フェイバリット・ワン』」（「週刊現代」14・5・24）
――「〈話題の著者に訊きました！〉林真理子『大原御幸』」（「女性セブン」14・12・11）
――「〈話題の著者に訊きました！〉林真理子『STORY OF UJI　小説源氏物語』」（「女性セブン」15・5・7）

（春日川諭子・現代文学研究者）

（原　善・成蹊大学非常勤講師）

林 真理子 年譜

春日川諭子・原　善

一九五四（昭和二十九）**年**

四月一日、父・孝之輔、母・みよ治の長女として山梨県山梨市に生まれる。本名、眞理子。生家は書店を、生家の隣では祖母が和菓子屋を営んでいた。二歳下に弟がいる。

一九五七（昭和三十二）**年**　**三歳**

四月、私立光明保育園入園。

一九六〇（昭和三十五）**年**　**六歳**

四月、山梨市立加納岩小学校入学。

一九六六（昭和四十一）**年**　**十二歳**

四月、山梨市立加納岩中学校入学。

一九六九（昭和四十四）**年**　**十五歳**

四月、山梨県立日川高校入学。放送部と文学部に所属。視聴者ＤＪに選ばれ、山梨放送に出演する。

一九七二（昭和四十七）**年**　**十八歳**

四月、日本大学芸術学部文芸学科入学。テニス部に所属。

一九七五（昭和五十）**年**　**二十一歳**

六月、日本大学明誠高校で国語の教育実習をする。

一九七六（昭和五十一）**年**　**二十二歳**

三月、日本大学芸術学部文芸学科卒業。四十社以上の就職試験に失敗したため、植毛用の毛を注射器に入れるアルバイトに就く。

一九七八（昭和五十三）**年**　**二十四歳**

五月、十八歳の中沢けいが「海を感じるとき」で第二十一回群像新人文学賞を受賞したのを知り、作家という職業を意識する。この年、宣伝会議主催のコピーライター養成講座に参加した後、広告会社に就職。

一九七九（昭和五十四）**年**　**二十五歳**

四月、広告会社を退社。別の広告会社に就職するも同年に退職し、糸井重里コピー塾に通う。その後、糸井の紹介で秋山道男の事務所に勤務する。

一九八一（昭和五十六）**年**　**二十七歳**

この年、コピーライターデビュー。「西友」のコピーでＴＣＣ（東京コピーライターズクラブ）賞新人賞を受賞し、独立。

一九八二（昭和五十七）**年**　**二十八歳**

十一月、初の著書『ルンルンを買っておうちに帰ろう』（主婦の友社）刊行。

一九八三（昭和五十八）年　**二十九歳**

七月、『夢みるころを過ぎても』（主婦の友社）、『幸せになろうね』（カッパ・ビジネス）刊行。十月、『花より結婚きびダンゴ』（CBS・ソニー出版）刊行。十二月、初の小説「星に願いを」（「小説現代」）発表。『ルンルン症候群』（角川書店）刊行。

一九八四（昭和五十九）年　**三十歳**

一月、『星に願いを』（講談社）、『街角に投げキッス』（角川書店）刊行。五月、『ルンルン症候群』（角川文庫）刊行。七月、「星影のステラ」（「野生時代」）で第九十一回直木賞候補。八月、『林真理子スペシャル　ルンルンだけじゃ、ものたりなくて』（角川書店）刊行。ドラマ「林真理子の星に願いを」がTBS系列で放映。九月、『真理子の夢は夜ひらく』（角川書店）、『花より結婚きびダンゴ』（角川文庫）、『幸せになろうね』（光文社文庫）刊行。十月、『ブルーレディに赤い薔薇』（カッパ・ブックス）、『街角に投げキッス』（角川文庫）刊行。十一月、『葡萄が目にしみる』（角川書店）刊行。これを機に執筆業に専念。十二月、対談集『ふたりよがり』（文芸春秋）、『テレビしちゃった！』（CBS・ソニー出版）刊行。

一九八五（昭和六十）年　**三十一歳**

一月、『葡萄が目にしみる』で第九十二回直木賞候補。二月、『星影のステラ』（角川書店）刊行。三月、『星に願いを』で吉川英治新人文学賞候補。四月、『今夜も思い出し笑い』（文芸春秋）、コミック『星に願いを』（画・本間千恵子、講談社）刊行。五月、『テネシーワルツ』（講談社）刊行。七月、「胡桃の家」（「小説新潮」）で第九十三回直木賞候補。『林真理子二枚目コレクション』（小学館）刊行。八月、『紫色の場所』（角川書店）刊行。十一月、『ルンルンを買っておうちに帰ろう』（角川文庫）、『最終便に間に合えば』（文芸春秋）刊行。十二月、『食べるたびに、哀しくって…』（角川書店）刊行。

一九八六（昭和六十一）年　**三十二歳**

一月、「最終便に間に合えば」「京都まで」（『最終便に間に合えば』収録）で第九十四回直木賞受賞。『真理子の夢は夜ひらく』『星影のステラ』『夢みるころを過ぎても』（いずれも角川文庫）刊行。二月、『恋愛幻論』（吉本隆明・栗本慎一郎共著、角川書店）、『マリコ・その愛』（光文社文庫）刊行。三月、『身も心も』（角川書店）、『真理子の青春日記＆レター』『葡萄が目にしみる』『紫色の場所』（いずれも角川文庫）刊行。四月、翻訳『LOVING EACH OTHER』（相原真理子共訳、レオ・

ブスカリア著、講談社）刊行。五月、『愛すればこそ…』（文芸春秋）、『ブルーレディに赤い薔薇』（光文社文庫）刊行。七月、野口賞（芸術文化部門賞）受賞。『ベスト小説ランド　1986（2）』（角川書店）に「シガレット・ライフ」を収録。八月、『マリコ自身』（光文社文庫）、『胡桃の家』（新潮社）、『南青山物語』（主婦の友社）刊行。九月、『美食倶楽部』（文芸春秋）、『星に願いを』（講談社文庫）刊行。ドラマ「南青山物語」がフジテレビ系列で放映。

一九八七（昭和六十二）**年　三十三歳**

一月、『食べるたびに、哀しくって…』（角川文庫）刊行。三月、ドラマ「胡桃の家」がTBS系列で放映。四月、『ファニーフェイスの死』（集英社）刊行。五月、『言わなきゃいいのに…』（文芸春秋）刊行。六月、『身も心も』（角川文庫）刊行。十月、ドラマ「ビデオパーティー」（原作「ビデオパーティー」、『身も心も』所収）がTBS系列で放映。十一月、『戦争特派員《ウォーコレスポンデント》』（文芸春秋）、『失恋カレンダー』（角川文庫）刊行。十二月、『茉莉花茶を飲む間に』（小学館）刊行。

一九八八（昭和六十三）**年　三十四歳**

一月、『南青山物語』（角川文庫）刊行。二月、『こんなパリ、見たことある?』（文化出版局）、『チャンネルの5番』（山藤章二共著、講談社）、『マリコ・ストリート』（マガジンハウス）刊行。四月、『林真理子の旅の本』（主婦と生活社）、『東京胸キュン物語』『どこかへ行きたい』（いずれも角川文庫）刊行。ドラマ「しあわせ志願」（原作『食べるたびに、哀しくって…』）がNHK総合で放映。五月、『こんなはずでは…』（文芸春秋）、『テネシーワルツ』（講談社文庫）、『今夜も思い出し笑い』（文春文庫）刊行。十月、『愛すればこそ…』（文春文庫）刊行。十一月、『満ち足りぬ月』（主婦の友社）、『最終便に間に合えば』（文春文庫）刊行。十二月、『短篇集　少々官能的に』（文芸春秋）、『キス・キス・キス』（画・奥村靫正、Kadokawa Greeting Books）刊行。

一九八九（平成元）**年　三十五歳**

一月、『旅は靴ずれ、夜は寝酒』（『林真理子の旅の本』改題、角川文庫）刊行。「いい加減にしてよアグネス」（『文芸春秋』）で第五十回文芸春秋読者賞受賞。四月、『幕はおりたのだろうか』（講談社）、『余計なこと、大事なこと』（文芸春秋）刊行。七月、『ローマの休日　小説ロマンチック洋画劇場』（角川書店）、『美食倶楽部』（文春文庫）刊行。八月、『女のことわざ辞典』（講談社）、『マリコ・ストリート』（角川文庫）刊行。十一月、『イミテーション・ゴールド』（祥伝社）、『昭和思い出し笑い』（文芸春秋）、『胡桃の家』（新潮文庫）刊行。十二月、『言わなきゃいいのに…』（文春文庫）刊行。ドラマ「林真理子の危険な女ともだち」（原作『満ち足りぬ月』）がテレビ朝日系列で放映。

一九九〇（平成二）**年**　**三十六歳**

一月、『茉莉花茶を飲む間に』（角川文庫）刊行。三月、『ファニーフェイスの死』（集英社文庫）刊行。会社員・東郷順氏と婚約。五月、挙式。『本を読む女』（新潮社）、『美華《ミーハー》物語』（角川文庫）刊行。六月、『ウフフのお話』（文芸春秋）刊行。八月、ドラマ「女キャスター物語」（原作『幕はおりたのだろうか』）がテレビ東京系列で放映。九月、『贅沢な恋愛』（角川書店）に「真珠の理由」を収録。九月、『ミカドの淑女《おんな》』（新潮社）刊行。十一月、『戦争特派員』（文春文庫）刊行。

一九九一（平成三）**年**　**三十七歳**

一月、『マリコ・ジャーナル』（角川文庫）刊行。『本を読む女』で第六回坪田譲治文学賞候補。二月、『こんなはずでは…』（文春文庫）、『チャンネルの5番』（講談社文庫）刊行。三月、ドラマ「素敵なボーイ・ミーツ・ガール」（オムニバスドラマ「ラブストーリーは突然に」内、原作『東京胸キュン物語』）がフジテレビ系列で放映。六月、『悲しみがとまらない　恋愛ソング・ブック』（角川書店）、『そうだったのか…！』（文芸春秋）刊行。八月、『ウエディング日記』（角川文庫）刊行。九月、『余計なこと、大事なこと』（文春文庫）刊行。ドラマ「葡萄が目にしみる」がフジテレビ系列で放映。十一月、『ミカドの淑女』で第三十回女流文学賞候補。十二月、『短篇集　少々官能的に』（文春文庫）刊行。

一九九二（平成四）**年**　**三十八歳**

一月、ドラマ「ミカドの淑女」がテレビ朝日系列で放映。『次に行く国、次にする恋』（角川文庫）刊行。三月、『イミテーション・ゴールド』（角川文庫）刊行。四月、『バルセロナの休日』（角川書店）、『幕はおりたのだろうか』（講談社文庫）、『満ちたりぬ月』（文春文庫）刊行。五月、『原宿日記』（朝日新聞社）刊行。七月、『おとなの事情』（文芸春秋）、『トーキョー国盗り物語』（集英社）刊行。八月、『ドレスがいっぱい』（画・上田三根子、小学館）、『昭和思い出し笑い』（文春文庫）刊行。九月、『ワンス・ア・イヤー　私はいかに傷つき、いかに戦ったか』（角川書店）刊行。十月、『男と女のキビ団子』（祥伝社）刊行。『贅沢な恋愛』（角川文庫）に「真珠の理由」を収録。十一月、『ローマの休日　小説ロマンチック洋画劇場』（角川文庫）刊行。十二月、『着物の悦び』（カッパ・ホームス）刊行。

一九九三（平成五）**年**　**三十九歳**

二月、『本を読む女』（新潮文庫）刊行。四月、『贅沢な失恋』（角川書店）に「四歳の雌牛」を収録。『女のことわざ辞典』（講談社文庫）、『ウフフのお話』（文春文庫）刊行。連続ドラマ「トーキョー国盗り物語」がNHK総合で放映。七月、『ミカドの淑女』（新潮文庫）刊行。八月、『悲しみがとまらない　恋愛ソング・ブック』（角川文庫）、『嫌いじゃないの』（文芸春秋）刊行。日動キュリオ（銀座）にて「林真理子展」を開催。九月、ドラマ「トーキョー国盗り物語　総集編」がNHK総合で放映。十二月、『さくら、さくら　おとなが恋して』（講談社）刊行。

一九九四（平成六）**年**　**四十歳**

一月、『文学少女』（文芸春秋）、『そうだったのか…！』（文春文庫）刊行。三月、『天鵞絨《びろうど》物語』（光文社）刊行。四月、『贅沢な恋人たち』（幻冬舎）に「眺望の密室」を収録。七月、『ピンクのチョコレート』（幻冬舎）刊行。九月、『怪談　男と女の物語はいつも怖い』（文芸春秋）刊行。十月、『白蓮れんれん』（中央公論社）、『林真理子のおしゃべりフライト』（プレジデント社）刊行。十一月、『素晴らしき家族旅行』（毎日新聞社）、『そう悪くない』（文芸春秋）、『バルセロナの休日』（角川文庫）刊行。

一九九五（平成七）**年**　**四十一歳**

一月、『原宿日記』（朝日文芸文庫）刊行。三月、『猫の時間』（朝日新聞社）刊行。六月、コミック『虹のナターシャ』（画・大和和紀、講談社）刊行。七月、『おとなの事情』（文春文庫）刊行。八月、『恋愛小説名作館（2）』（講談社）に「白いねぎ」を収録。九月、『男と女のキビ団子』（祥伝社ノン・ポシェット）、『原宿日記』（角川文庫）刊行。十月、『女文士』（新潮社）、『トーキョー国盗り物語』（集英社文庫）刊行。『白蓮れんれん』で第八回柴田錬三郎賞受賞。十一月、「白蓮れんれん」が帝国劇場で舞台化。『白蓮れんれん』で第三十四回女流文学賞候補。

一九九六（平成八）**年**　**四十二歳**

一月、ドラマ「素晴らしき家族旅行」がフジテレビ系で放映。二月、『皆勤賞』（文芸春秋）、『東京デザート物語』（集英社）刊行。三月、『幸福御礼』（朝日新聞社）刊行。五月、翻訳『マーガレットラブ・ストーリー』（マリアン・ウォーカー著、講談社）刊行。六月、『断崖、その冬の』（新潮社）、八月、『胡桃の家　シガレット・ライフ』（新潮Ｐｉｃｏ文庫）刊行。ドラマ「恐い女シリーズ（１）女の怪談」（原作『怪談　男と女の物語はいつも怖い』）がフジテレビ系列で放映。九月、『嫌いじゃないの』（文春文庫）刊行。十月、『不機嫌な果実』（文芸春秋）刊行。十一月、『女文士』で第三十五回女流文学賞候補。十二月、『着物の悦び』（新潮文庫）、『さくら、さくら　おとなが恋して』（講談社文庫）刊行。『贅沢な失恋』（角川文庫）に「四歳の雌牛」を収録。

一九九七（平成九）年　四十三歳

一月、『ワンス・ア・イヤー　私はいかに傷つき、いかに戦ったか』（角川文庫）刊行。四月、『贅沢な恋人たち』（幻冬舎文庫）に「眺望の密室」を収録。五月、『強運な女になる』（中央公論社）刊行。六月、『天鵞絨物語』（新潮文庫）刊行。八月、『ピンクのチョコレート』（角川文庫）、『怪談　男と女の物語はいつも怖い』（文春文庫）刊行。十月、映画「不機嫌な果実」（成瀬活雄監督）公開。ドラマ「不機嫌な果実」がＴＢＳ系列で放映。『女性作家シリーズ20』（角川書店）に「星影のステラ」「最終便に間に合えば」を収録。『着物をめぐる物語』（新潮社）刊行。十二月、『素晴らしき家族旅行』（新潮文庫）、『みんなの秘密』（講談社）、『そう悪くない』（文春文庫）刊行。

一九九八（平成十）年　四十四歳

一月、『踊って歌って大合戦』（文芸春秋）刊行。二月、『猫の時間』（朝日文芸文庫）刊行。三月、『みんなの秘密』で第三十二回吉川英治文学賞受賞。四月、『葡萄物語』（角川書店）刊行。七月、ドラマ「素晴らしき家族旅行」がテレビ東京系列で放映。十月、『わかれの船』（光文社）に、「四歳の雌牛」を収録。『白蓮れんれん』（中公文庫）刊行。十一月、『女文士』（新潮文庫）刊行。

一九九九（平成十一）年　四十五歳

二月、『世紀末思い出し笑い』（文芸春秋）、『皆勤賞』（文春文庫）、『東京デザート物語』（集英社文庫）刊行。長女出産。三月、「素晴らしき家族旅行」が名鉄ホールで舞台化。『幸福御礼』（朝日文庫）刊行。四月、『コスメティック』（小学館）、『ロストワールド』（読売新聞社）、『マーガレットラブ・ストーリー』（講談社文庫）刊行。五月、『現代の小説１９９９』（徳間書店）に「初夜」を収録。六月、『美女入門』（マガジンハウス）刊行。

二〇〇〇（平成十二）年　四十六歳

一月、『みんな誰かの愛しい女』（文芸春秋）刊行。二月、『断崖、その冬の』（新潮文庫）刊行。三月、『死ぬほど好き』（集英社）、『強運な女になる』（中公文庫）刊行。四月、『花探し』（新潮社）刊行。『東京小説』（紀伊國屋書店）に「一年ののち」を収録。七月、『美女入門　PART2』（マガジンハウス）刊行。十月、『着物をめぐる物語』（新潮文庫）刊行。十一月、『ミスキャスト』（講談社）刊行。

二〇〇一（平成十三）年　四十七歳

一月、『不機嫌な果実』（文春文庫）、『みんなの秘密』（講談社文庫）刊行。フランス食品振興会よりシュバリエを授与。二月、『男と女とのことは、何があっても不思議はない』（PHP研究所）、『踊って歌って大合戦』（文春文庫）刊行。三月、『ドラマティックなひと波乱』（文芸春秋）刊行。四月、『幸福御礼』（角川文庫）刊行。五月、映画「東京マリーゴールド」（原作「一年ののち」、『東京小説』所収、市川準監督）公開。九月、『美女入門PART3』（マガジンハウス）刊行。『わかれの船』（光文社文庫）に、「四歳の雌牛」を収録。

二〇〇二（平成十四）年　四十八歳

一月、『世紀末思い出し笑い』（文春文庫）刊行。二月、『シェフのキッチンへようこそ　林真理子さんと習う料理教室』（文化出版局）、『紅一点主義』（文芸春秋）刊行。四月、『美女入門』（角川文庫）刊行。五月、『初夜』（文芸春秋）刊行。六月、『花』（中央公論新社）、『ロストワールド』（角川文庫）刊行。十月、『20代に読みたい名作』（文芸春秋）刊行。十一月、『花探し』（新潮文庫）、『コスメティック』（小学館文庫）、『聖家族のランチ』（角川書店）、『葡萄物語』（集英社文庫）、コミック『虹のナターシャ』（講談社漫画文庫）刊行。

二〇〇三（平成十五）年　四十九歳

一月、『年下の女友だち』（集英社）、『みんな誰かの愛しい女』（文春文庫）刊行。二月、『美女入門　PART2』（角川文庫）刊行。三月、『旅路のはてまで男と女』（文芸春秋）刊行。四月、『東京小説』（角川文庫）に「一年ののち」を収録。六月、『マリコの食卓』（ぺんぎん書房）刊行。ドラマ「コスメティック」がWOWOWで放映。七月、『死ぬほど好き』（集英社文庫）刊行。九月、ドラマ「夢みる葡萄　本を読む女」がNHK総合で放映。『トーキョー偏差値』（マガジンハウス）刊行。十一月、『anego』（小学館）、『ミスキャスト』（講談社文庫）刊行。

二〇〇四（平成十六）年　五十歳

一月、『こんなにも恋はせつない』（光文社文庫）に「花を枯らす」を収録。『ミルキー』（講談社）刊行。二月、『ドラマティックなひと波乱』（文春文庫）刊行。三月、『野ばら』（文芸春秋）、『男と女とのことは、何があっても不思議はない』（角川文庫）刊行。六月、『美女入門　PART3』（角川文庫）刊行。七月、翻訳

『P. S. アイラヴユー』（セシリア・アハーン著、小学館）、『恋愛三賢人　林真理子編』（インデックス・コミュニケーションズ）刊行。九月、『甘やかな祝祭』（光文社文庫）に「悔いる男」を収録。十一月、『知りたがりやの猫』（新潮社）刊行。十二月、『ドレスがいっぱい』（画・上田三根子、改訂版、小学館）刊行。

二〇〇五（平成十七）年　五十一歳

二月、『夜ふけのなわとび』（文芸春秋）、『紅一点主義』（文春文庫）刊行。三月、『美女に幸あり』（マガジンハウス）刊行。四月、ドラマ「anego」が日本テレビ系列で放映。五月、『花』（中公文庫）刊行。六月、『初夜』（文春文庫）刊行。八月、『アッコちゃんの時代』（新潮社）刊行。九月、『白蓮れんれん』（集英社文庫）刊行。十月、『林真理子の名作読本』（『20代に読みたい名作』改題、文春文庫）刊行。十一月、『聖家族のランチ』（角川文庫）、『ファニーフェイスの死』（中公文庫）刊行。十二月、『パリよ、こんにちは』（角川書店）に「KIZAEMON」を収録。ドラマ「anego special」が日本テレビ系列で放映。

二〇〇六（平成十八）年　五十二歳

一月、『ウーマンズ・アイランド』（マガジンハウス）、『年下の女友だち』（集英社文庫）刊行。二月、『旅路のはてまで男と女』（文春文庫）刊行。ドラマ『ウーマンズ・アイランド　彼女たちの選択』が日本テレビ系列で放映。三月、『オーラの条件』（文芸春秋）刊行。五月、『秋の森の奇跡』（小学館）刊行。七月、『本朝金瓶梅』（文芸春秋）刊行。九月、『美女は何でも知っている』（マガジンハウス）刊行。

二〇〇七（平成十九）年　五十三歳

一月、『私のスフレ』（マガジンハウス）、『野ばら』（文春文庫）刊行。二月、『ミルキー』（講談社文庫）、『美女のトーキョー偏差値』（『トーキョー偏差値』改題、角川文庫）刊行。三月、『なわとび千夜一夜』（文芸春秋）刊行。五月、『グラビアの夜』（集英社）刊行。六月、『anego』（小学館文庫）、『知りたがりやの猫』（新潮文庫）刊行。七月、『「綺麗な人」と言われるようになったのは、四十歳を過ぎてからでした』（光文社）刊行。十月、『はじめての文学　林真理子』（文芸春秋）刊行。十一月、『本朝金瓶梅　お伊勢編』（文芸春秋）、『美か、さもなくば死を』（マガジンハウス）刊行。十二月、『超恋愛』（江原啓之共著、マガジンハウス）刊行。

二〇〇八（平成二十）年　五十四歳

一月、『生き方名言新書（1）林真理子　もっと幸せになっていいよね！』（小学館）、『アッコちゃんの時代』（新潮文庫）、『天鵞絨物語』（光文社文庫）刊行。二月、『夜ふけのなわとび』（文春文庫）刊行。三月、『美貌と処世』（文芸春秋）刊行。五月、『RURIKO』（角川書店）刊行。六月、『秘密　Hayashi Mariko Collection（1）』（ポプラ文庫）刊行。八月、『もっと塩味を！』（中央公論新社）、『P．S．アイラヴユー』（小学館文庫）刊行。十月、『誰も教えてくれなかった『源氏物語』本当の面白さ』（山本淳子共著、小学館101新書）、『綺麗な生活』（マガジンハウス）、『美女に幸あり』（マガジンハウス文庫）刊行。十二月、『マリコ・レシピ』（マガジンハウス）、『東京 Hayashi Mariko Collection（2）』（ポプラ文庫）刊行。

二〇〇九（平成二十一）**年**　**五十五歳**

二月、公式ブログ「あれもこれも日記」開始。三月、『オーラの条件』（文春文庫）刊行。四月、『結婚のオトコはたたき台』（文芸春秋）、『美は惜しみなく奪う』（マガジンハウス）刊行。六月、『ウーマンズ・アイランド』（マガジンハウス文庫）刊行。七月、『本朝金瓶梅』（文春文庫）刊行。八月、『嫉妬　Hayashi Mariko Collection（4）』（ポプラ文庫）刊行。九月、『秋の森の奇跡』（小学館文庫）、『超恋愛』（マガジンハウス文庫）刊行。十月、『売れる小説の書き方。』（大沢在昌・山本一力・中園ミホ共著、ぴあ）刊行。十二月、『私のこと、好きだった？』（光文社）、『約束　Hayashi Mariko Collection（5）』（ポプラ文庫）、『着物の悦び』（光文社文庫）、「林真理子コレクションコンプリートボックス」（ポプラ文庫）刊行。

二〇一〇（平成二十二）**年**　**五十六歳**

一月、『グラビアの夜』（集英社文庫）刊行。『Invitation』（文芸春秋）に「リハーサル」を収録。二月、『美女は何でも知っている』（マガジンハウス文庫）刊行。三月、『下流の宴』（毎日新聞社）、『なわとび千夜一夜』（文春文庫）刊行。四月、『六条御息所　源氏がたり（一）光の章』（小学館）、『いいんだか悪いんだか』（文芸春秋）、『星に願いを』（新装版、講談社文庫）刊行。五月、『「綺麗な人」と言われるようになったのは、四十歳を過ぎてからでした』（光文社文庫）刊行。七月、『本朝金瓶梅　お伊勢篇』（文春文庫）刊行。八月、『本朝金瓶梅　西国漫遊篇』（文芸春秋）、『災い転じて美女となす』（『私のスフレ』改題、マガジンハウス文庫）刊行。十一月、『地獄の沙汰も美女次第』（マガジンハウス）刊行。十二月、『美食倶楽部』（新装版、文春文庫）、『秘密のスイーツ』（ポプラ社）、『秘密のスイーツ』（はやしまりこ名義、画・いくえみ綾、ポプラ社）刊行。

二〇一一（平成二十三）年　五十七歳

三月、『美貌と処世』（文春文庫）刊行。四月、『六条御息所　源氏がたり（二）華の章』（小学館）、『やんちゃな時代』（文芸春秋）刊行。第五回日芸賞受賞。五月、ドラマ「下流の宴」がNHK総合で放映。『RURIKO』（角川文庫）刊行。九月、『美か、さもなくば死を』（マガジンハウス文庫）、『もっと塩味を！』（中公文庫）刊行。十一月、『10ラブ・ストーリーズ』（朝日文庫）に「一年ののち」を収録。

二〇一二（平成二十四）年　五十八歳

二月、『最初のオトコはたたき台』（文春文庫）刊行。三月、『〝あの日のそのあと〟風雲録』（文芸春秋）刊行。五月、『美女の七光り』（マガジンハウス）刊行。七月、『桃栗三年　美女三十年』（マガジンハウス）、『最終便に間に合えば』（新装版、文春文庫）、『中年心得帳』（講談社）刊行。『甘い罠』（『Invitation』改題、文春文庫）に「リハーサル」を収録。九月、『アスクレピオスの愛人』（新潮社）、『美は惜しみなく奪う』（マガジンハウス文庫）刊行。十月、『六条御息所源氏がたり（三）空の章』（小学館）刊行。十二月、『私のこと、好きだった？』（光文社文庫）刊行。

二〇一三（平成二十五）年　五十九歳

一月、『下流の宴』（文春文庫）刊行。三月、『来世は女優』（文芸春秋）、『いいんだか悪いんだか』（文春文庫）刊行。四月、『野心のすすめ』（講談社現代新書）刊行。五月、『美女と呼ばないで』（マガジンハウス）刊行。七月、『美女入門金言集　マリコの教え117』（マガジンハウス）、『秘密のスイーツ』（はやしまりこ名義、画・いくえみ綾、ポプラポケット文庫）、『やんちゃな時代』（文春文庫）刊行。八月、『正妻　慶喜と美賀子』（講談社）、『秘密のスイーツ』（ポプラ文庫）刊行。九月、『ワンス・ア・イヤー　私はいかに傷つき、いかに戦ったか』（紀伊國屋書店限定重版、角川文庫）刊行。十月、『本朝金瓶梅　西国漫遊篇』（文春文庫）刊行。『アスクレピオスの愛人』で第二十回島清恋愛文学賞を受賞。十二月、『東京小説』（日経文芸文庫）に「一年ののち」を収録。

二〇一四（平成二十六）年　六十歳

二月、『地獄の沙汰も美女次第』（マガジンハウス文庫）刊行。三月、『銀座ママの心得』（『〝あの日のそのあと〟風雲録』改題、文春文庫）、『決意とリボン』（文芸春秋）、『出好き、ネコ好き、私好き』（光文社）、『フェイバリット・ワン』（集英社）刊行。四月、『野心と美貌　中年心得帳』（『中年心得帳』改題、講談社文庫）刊行。五月、『突然美女のごとく』（マガジンハウス）刊行。七月、『満ちたりぬ月』（新装版、文春文庫）刊行。九月、『綺麗な生活』（マガジンハウス文庫）刊行。十月、『「結婚」までよりぬき80's』（文春文庫）、『大原御幸　帯に生きた家族の物語』（講談社）、十一月、『「中年」突入！　ときめき90's』（文春文庫）刊行。十二月、『「美」も「才」もうぬぼれ00's』（文春文庫）刊行。

二〇一五（平成二十七）**年**　**六十一歳**

二月、『エロスの記憶』（文春文庫）に「本朝金瓶梅」を収録。『アスクレピオスの愛人』（新潮文庫）、『失恋カレンダー』（集英社文庫）、『美女の七光り』（マガジンハウス文庫）刊行。三月、『STORY OF UJI 小説源氏物語』（小学館）、『マリコ、カンレキ！』（文芸春秋）刊行。五月、『中島ハルコの恋愛相談室』（文芸春秋）刊行。『日本文学100年の名作（9）アイロンのある風景』に「年賀状」を収録。六月、『美女千里を走る』（マガジンハウス）、『来世は女優』（文春文庫）、「本を読む女」（集英社文庫）刊行。

（春日川諭子・現代文学研究者）

（原　善・成蹊大学非常勤講師）

現代女性作家読本 ⑳

林 真理子

発　行――二〇一五年九月三〇日
編　者――現代女性作家読本刊行会
発行者――加曽利達孝
発行所――鼎　書　房　http://www.kanae-shobo.com
〒132-0031　東京都江戸川区松島二－一七－二
TEL・FAX　〇三－三六五四－一〇六四
印刷所――イイジマ・互恵
製本所――エイワ

表紙装幀――しまうまデザイン

ISBN978-4-907282-24-0　C0095

現代女性作家読本

（第一期・全10冊）

原 善編「川上弘美」
高根沢紀子編「小川洋子」
川村 湊編「津島佑子」
清水良典編「笙野頼子」
清水良典編「松浦理英子」
与那覇恵子編「髙樹のぶ子」
高根沢紀子編「多和田葉子」
川村 湊編「柳 美里」
原 善編「山田詠美」
与那覇恵子編「中沢けい」

（第二期・全10冊）

刊行会編「江國香織」
〃「長野まゆみ」
〃「よしもとばなな」
〃「恩田 陸」
〃「角田光代」
〃「宮部みゆき」
〃「桐野夏生」
〃「板東眞砂子」
〃「山本文緒」
〃「林 真理子」

別巻

武蔵野大学日文研 編「鷺沢 萠」
立教女学院短期大学 編「西 加奈子」